飞扬·青春校园记忆美文精选

悲伤时唱首歌

省登宇 主编

国际文化出版公司
·北京·

图书在版编目（CIP）数据

悲伤时唱首歌 /省登宇主编 . 一北京：国际文化出版公司，2012.6（2024.5 重印）
（飞扬·青春校园记忆美文精选）
ISBN 978-7-5125-0363-2

Ⅰ. ①悲…　Ⅱ. ①省…　Ⅲ. ①散文集－中国－当代②短篇小说－小说集－中国－当代　Ⅳ. ① I217.1

中国版本图书馆 CIP 数据核字（2012）第 065385 号

飞扬·青春校园记忆美文精选·悲伤时唱首歌

主　　编	省登宇
责任编辑	艾　迪
统筹监制	葛宏峰　李典泰
策划编辑	何亚娟　任　娜
美术编辑	刘洁羽　王振斌
出版发行	国际文化出版公司
经　　销	国文润华文化传媒（北京）有限责任公司
印　　刷	三河市同力彩印有限公司
开　　本	700毫米×1000毫米　　　　16开
	10.5印张　　　　140千字
版　　次	2012年6月第1版
	2024年5月第2次印刷
书　　号	ISBN 978-7-5125-0363-2
定　　价	39.80元

国际文化出版公司
北京市朝阳区东土城路乙9号　　邮编：100013
总编室：（010）64270995　　传真：（010）64270995
销售热线：（010）64271187
传真：（010）84271187-800
E-mail：icpc@95777.sina.net

CONTENTS 目录

第3章　青春不悲伤

第4章　水月镜花

目录 CONTENTS

第1章

一场花事

夏天的花朵还要继续盛放，一场花事了结，
是为了等待下一场花事

你是我的一场病 ◎文 / 杨雨辰

一

　　徐爱暖有一段时间总是频繁地被送到医院去。或者是因为莫名其妙失去平衡从楼梯上滚下来，或者是因为走路走得好好的不知怎么就突然越走越往左右倾斜，最终摔倒在花池边上。或者是吃关东煮时手一抖，油和汤还有一粒粒滚烫的包芯小丸子洒在手上，还没来得及感觉灼烧的疼痛，手背就红肿了一大片。这些意外让徐爱暖觉得匪夷所思。

　　在市立医院的骨外科、皮肤科进进出出，仿佛只有徐爱暖这么一个倒霉病号。她的脸、胳膊和腿上贴着厚厚的白纱布，从容地跟走廊上的医生护士打招呼。

　　"小暖啊，最近还好吧？"无数句看似正常的问候，却因为在医院这种特殊的环境里出现显得怪异而尴尬。徐爱暖心想，这不是废话么，前两天你还给我额头贴纱布来着。但徐爱暖仍然表情谦逊、好脾气地回答："还不错。"回应她的通常是那种程式化的标准的天使微笑——救死扶伤后满足的微笑。甚至弥漫在鼻腔里的消毒水味道都随之而变得神圣而不可侵犯起来。

　　徐爱暖其实很讨厌那种消毒水味道，那种绝望的味道总令她跳跃的思维联想到浸泡在福尔马林药水里的死胎，脐带还未从身体上剪断，手掌和脚掌布满红色和蓝色的动静脉血管，本来就足够毛骨悚然的场景，更因为胎儿嘴角一抹若有似无的微笑而令人不寒而栗。徐爱暖就是有这种本事，用天马行空的想象力，把自己逼得头皮发麻、脊背僵硬和四肢冰冷。

顾良言就是在这个时候突然出现在徐爱暖的视界里，惊魂未甫的徐爱暖被他拍了一下肩膀，之后的尖叫穿破顾良言的耳膜。两个人就是以这样奇怪的方式各自捂着心口，面色苍白。

半晌，顾良言抬起手臂擦擦鼻尖沁出的细小汗粒，小心翼翼地问："我想问你是不是不舒服，要不要我帮你叫医生。"

"呃……我……我没事……"徐爱暖习惯性地回答没事，却下意识瞄到膝盖上的纱布被崩开的伤口再次染红，惊叫一声，一瘸一拐地走回十几米开外的外科要求重新包扎。

二

少年顾良言毫无征兆地出现在徐爱暖的生活里，点线面地全盘覆盖了徐爱暖的眼睛、鼻子、嘴巴、胸口，甚至融化在她每一块贴着白纱布的新伤和已经结痂痊愈的旧疤里。他像是凭空被捏造出来的一个人，之前只是以氧分子、氢分子或者水分子的形式游弋于空气中。自那天以后，就变成了有血有肉、对徐爱暖来说有超强存在感的一个人。大概是父母都在医院工作吧，说不定还给我包扎过伤口或者打过针，徐爱暖这样想。每一次徐爱暖到医院总能在走廊尽头，或者挂号处的木质长椅上，或者一楼拐角的某个垃圾桶旁遇到皮肤白皙、侧脸棱角分明的少年顾良言。

"嗨。"总是这样一句恰到好处的问候，而不是"最近还好吧"那样的客套话。一双简单干净的匡威 All star 纯白色帆布鞋，总是占据徐爱暖的视线。

徐爱暖抬起头，顾良言很快定格在她的画面正中央。在电影里面，这是一个特写镜头。很久以后当徐爱暖回忆起这个场景的时候，总觉得像一帧帧生了霉斑的老旧电影胶片，屏幕上都是黑色的时隐时现的小点点，而顾良言的鞋子不管怎样都特别白。

顾良言送徐爱暖回家的路上，徐爱暖又弄翻了自己的水瓶，水洒得胳膊全是。他慌忙掏出了口袋里的手帕递给徐爱暖。徐爱暖接过来折得方方正正的手帕，心想这是一个多么细心的少年。

蓝色格子的棉织手帕。洗得颜色淡淡的，还有汰渍洗衣皂的柠檬香味。徐爱暖把手帕叠好放在鼻子底下使劲儿地闻着，闭上眼睛在脑袋里面勾勒着顾良言模糊的轮廓。有棱角的侧脸，有微笑的弧度，以及带着体温的拥抱，直至消失不见。徐爱暖觉得耳根像烧着了一样火辣辣，她到厕所用凉水一遍遍冲洗，但耳朵总是保持那个灼人的热度。于是她只好悻悻地回到自己的房间，用瓷制的咖啡杯贴在耳朵上降温，但那种温度依然如瘟疫一般地从耳根迅速传染到全身。

到底要把 3450 只羊继续赶到羊圈里，还是干脆爬起来打开灯拿出数学书，演算一道自己永远也解不开的函数题呢？这是个大问题！失眠的徐爱暖无法集中精力入睡，也无法集中精力好好数羊，那些散发着青草气息的绵羊们无一例外都长着一张滑稽的酷似顾良言的脸，一直"咩咩"地叫着，被子里满是牧场的味道。徐爱暖哭笑不得，赌气般地拉起被子、蒙住头，让自己陷入更深一层的黑暗中，不再被窗帘缝里洒下的月光搞得心神不宁。

第二天早上因为整夜失眠、直到凌晨才入睡，徐爱暖连早餐都来不及吃，就叼了一片面包冲出去，丝毫不顾忌鸡窝样的一头乱发和严重睡眠不足引起的眼球充血、黑眼圈和眼袋。

徐爱暖在过马路时听到刺耳的汽车刹车声，以及慌乱的人群包围在身边，就知道横躺在斑马线中间的那个倒霉行人一定是自己。在市立医院的救护车到达之前，先闭上眼睛好好睡一觉吧，徐爱暖完全不理会绝望的司机"要振作起来啊，救护车马上就到了"、"求求你睁开眼睛吧"的大呼小叫，只是觉得这个人好吵，还让不让人睡觉了。

　　毫无悬念的，经过医生和护士手忙脚乱的抢救，发现徐爱暖只是右腿骨折，暂时性的昏厥也只是因为睡眠不足，而非司机一厢情愿认为的失血性休克或者内脏破裂什么的。反倒是知道结果的司机情绪极度不稳定，看着床上正在酣睡的徐爱暖，脸上摆出一副哭笑不得的受伤表情。

三

　　徐爱暖的床头经常摆着含有莲藕、当归、枸杞、人参、黄瓜籽以及其他不明药材的养生汤，如"排骨炖莲藕汤"、"黄瓜籽大排汤"、"枸杞鱼汤"等等。拜老妈所赐，徐爱暖一看到那个红色的保温桶，就想像里面横七竖八地躺着体无完肤的各种动物骨骸，随后就有一种想吐的冲动。

　　"无聊啊。"徐爱暖躺在床上望着天花板，或者忧伤地瞧着自己被石膏重重包裹的右腿。

　　顾良言再出现在徐爱暖眼里的时候，她正试图站起身，准备捡起因为手一松而不小心掉落在大理石地板上的数学书，书刚好翻到抛物线的那一章。里面的草稿纸画满了函数图形、卡通的小猫小狗、充满怨念的诅咒。

　　"哎，都卧病在床了，还学人家寒窗苦读？"顾良言戏谑地对徐爱暖笑。

　　徐爱暖记得自己上个星期来医院打破伤风针的时候，顾良言也是远远地站在走廊尽头的垃圾桶边这样朝她笑，露出一口整齐洁白的牙齿，像贝壳一样，这让徐爱暖想起电视上的牙膏广告里，男人、女人、老人、小孩笑或说话的时候，都把嘴咧得很大，故意露出做过技术处理的白牙。牙膏广告还经常出现这种场景：涂了牙膏的一只牙不会被敲碎，顾良言的牙齿坚固地嵌在牙肉上，徐爱暖好想敲一敲，试试其硬度。徐爱暖后槽牙都生过龋齿，因为总爱在睡前吃糖。据说这样的人很缺乏安全感。

"怎么啦？我愿意！哎哟……"徐爱暖本来想给顾良言一个背影，结果却在转身时不慎碰伤了右腿，扯着嗓子喊了起来，埋怨地看着顾良言。顾良言把一直背在身后的左手伸出来，原来是一杯关东煮。

徐爱暖放下最后一根竹签的时候，意犹未尽地舔了舔嘴巴。住院以后不能吃油腻，不能吃辣椒，不能吃荤腥，不能吃所有她以前不加节制吃的东西——据说伤筋动骨一百天，乱吃东西会影响恢复。似乎只有这一顿关东煮才是这段日子最贴心的。一个饱嗝之后，房间里的两人就开始笑了起来。整个房间的白色都变成了暖色调。阳光透过窗棂，晒在顾良言的侧脸上，镀上一层金色，徐爱暖在那么一瞬间恍惚起来。

之后的一段时间，趁别人不在时，顾良言总是偷偷送来各种被医生列为禁食的小吃，像烧烤、鸭颈、烤肠、薯片、糖果之类的零食。数量不多，刚好够徐爱暖吃饱。此外还买了报亭里的杂志小说，徐爱暖一看见就毫不犹豫地把数学书随便塞在柜子里或者枕头下面，但每次顾良言都要等她看完一两个小时后当场没收。当然，顾良言偶尔还要拉她到附近散散步，吹吹风，呼吸新鲜空气。医生护士都对她一副救死扶伤的笑脸："哟，小暖啊，腿还好吧。"徐爱暖胡乱地回答两句，再一转头，顾良言就不见了，等走廊空下来，他又不知道从哪里钻出来，重新出现在徐爱暖的视野里。

四

"那个……等我走了以后再看哦。"某天顾良言把他拿来的书递给了徐爱暖。

书的装帧精美，封面是布制的，一根一根绞得纹路清晰像谁的感情线一样。夹在书里面的黄色便签纸也叠得整整齐齐，四方形的折痕像是被反复压过了一样，徐爱暖不知道顾良言是用着什么样的心情、表情、语气叠好的这十个字：

"做我女朋友，让我照顾你。"

就这么开始吧，徐爱暖这样想。她彻夜读完了关于美好、关于承诺、关于圆满结局的爱情。一夜无梦。

倒是顾良言再见到徐爱暖的时候，脸上带着讪笑，不自然。

徐爱暖撇撇嘴："关东煮呢？"

对方回答："没买。"

"小说呢？杂志呢？"

"没带。"顾良言低着头看自己的鞋，像是犯了什么错误的小学生，如鲠在喉，那句话一直都没有说出来。

徐爱暖把眼白翻给顾良言："什么都没有还怎么照顾我啊？"

顾良言愣了一下，心无芥蒂地迎着阳光，笑得那么灿烂。

徐爱暖说："行了，行了，那就扶哀家出去锻炼一下身体吧。"

"喳。"顾良言卷卷袖子把徐爱暖从床上抱了下来。少男和少女的脸颊变得灼热。

徐爱暖坐在病床边上，感觉自己正逐渐痊愈，甚至右腿可以感觉到骨头正在愈合。顾良言在削一只苹果，苹果皮到最后都没有断。一起吃病号饭的日子，莫名其妙搭配在一起的辅料，怪异的味道在两人嘴巴里延续很久，至少比一个带有强烈中药味的亲吻更长久。徐爱暖在身体受伤这么多次后，终于有一次觉得轻微的病态也是一种小小的幸福，正在愈合的伤口似乎也成了战士荣归的勋章。

徐爱暖出院那天，天气晴好。徐爸爸、徐妈妈在百忙之中抽出时间来医院接她回家。徐爱暖把衣服一件一件叠得整齐，放在箱子里，还有带来的语文、数学、英语等课本，唯独找不到了那本夹着顾良言小纸条的书。徐爱暖把头埋得很低很低，垂在额前的发丝没有那么一双骨节突出的右手帮她掖在耳朵后面。徐爱暖被突如其来的一阵悲伤钝击。

顾良言像人间蒸发了一样没有出现……

<h2 style="text-align:center">五</h2>

徐爱暖开始持续地失眠和轻微的神经衰弱。

她难以入眠的原因常常是因为嘀嗒的闹钟声，偶尔遁着马路倾轧而过的汽车尾气声，隔壁邻居洗澡的水声，以及若有似无的黑猫站在花池边对着月亮的寂寞叫声，或者打在窗帘上的梧桐树叶……

在徐爱暖看来，甚至连树叶叶脉生长的声音都可以听出来，她能感受到绿色的血液沿着叶片脉搏生生不息地流动。

没办法，徐爱暖只好到市立医院去，到神经科医生那里开各种安眠药。

徐爱暖把两粒药塞到嘴里，没有用水，只是用力地做吞咽动作。两粒药丸同时卡在食道里，徐爱暖清晰地感到它们在缓慢下移，弄得她泪眼婆娑，视线里的一切都开始模糊。

徐爱暖平躺在床上，天花板看起来变得很软，软得像谁曾经托起过她身体的手掌，温润厚实而有安全感，不用睡前吃几粒糖也可以感受到的安全感。他把热的汤吹温了，才送到她嘴边，他可以把苹果皮削到最后都不断掉，他在她困顿的时候念小说给她听，让她拉住他的手，他在她半夜将被子踢开时小心翼翼地把她的手和脚送回到被子里面去，把被角掖得很严。他让她心情平静安好，一夜无梦。

徐爱暖的顾良言，像一场疾病，来得突然，走得抽丝剥茧，抽空了她整个人。

<h2 style="text-align:center">六</h2>

日子恢复到以前的轨道，继续前行，徐爱暖甚至听到了耳边的风声，毕竟没有谁能影响谁的生活。徐爱暖中断了安眠药的服用，终于可以

一觉睡到天亮，睡到快要迟到，紧接着叼上一片面包一路狂奔到学校，中途摔了一两跤，但频率已经远远低于从前。

顾良言在夕阳未落山前，朝徐爱暖走来。在徐爱暖快要忘记顾良言这个人的存在时，他重又出现，像旧病复发，左手拿着关东煮。包芯小丸子的温暖是顾良言的右手拉住徐爱暖的热度。

"小暖。"他的牙齿依然很白。

徐爱暖打翻送过来的关东煮，这次是有意的。北极翅，脆皮香肠，还有她最爱吃的包芯小丸子洒了一地。顾良言站在原地，笑容僵在脸上。

"你以为你是谁啊？""你以为你走得很潇洒，连回头也很潇洒吗？""你以为我会按照你设定好的开始，又按照你设定好的结束，还会按照你设定好的两次回头吗？……"

徐爱暖连气都没喘说完了这些话，把头偏到一边，深呼了几口气。心疼掉在地上的关东煮，偷偷用眼角的余光瞟顾良言的表情。

顾良言俯下身轻轻把她抱起来。徐爱暖先是怔了一下，之后鼻子一酸，伏在顾良言的背上把眼泪一颗一颗地都砸在他的脖子里面。

<h2 style="text-align:center">七</h2>

顾良言还是在街角的那条小巷里等徐爱暖放学。两人依然是一起分吃一根甜玉米，一起用耳机的左右边，一起喝一杯热奶茶。

徐爱暖的失眠却旧病复发，严重到头疼欲裂，整夜整夜地翻来覆去，数了多少只绵羊都没有用。脱了线的很久以前的记忆，不知道属于谁，冗长、杂乱无章，且背景晦暗，看不清到底是谁牵着谁的手在街角的巷道里对谁许下关于一辈子的承诺。

徐爱暖胡乱吃止疼片，到医院去开阻隔记忆的药片，黄色的，一粒一粒吞下去，将记忆一片一片地从大脑的沟回纹路里剥落，整个人处在混沌状态。

顾良言却在减少自己出现的时间：从太阳落山到月亮的光晕足以朦胧了顾良言侧脸的时间缩短到不足一首歌的时间。

当徐爱暖有所察觉的时候，顾良言重又人间蒸发了。

徐爱暖伤心地骂自己是个笨蛋，竟然笨到被同一个人骗了两遍。

直至初春某个午后的巷子口，徐爱暖看到顾良言牵着别人的手，和扎马尾的女孩子分吃一支雪糕，他细心地帮女孩子擦掉嘴角的巧克力脆皮的痕迹，同样是那一双骨节突出的手。徐爱暖定定地站在马路对面，半晌才想到穿过人行道。

"啪"的一声，是徐爱暖的手掌拍在少年的脸颊上，曾经也是这一只手，闭着眼睛就能摸出他的眼窝他的鼻梁他的嘴巴他的喉结他的呼吸，摸出他的心跳生生不息，如今却不是为她。

"顾良言你是个混蛋。"徐爱暖头也不回地穿过巷子，留下身后诧异的少年和女孩子。

"佳辰，她是谁？"女孩子瞪大眼睛问。

少年莫名地用食指蹭蹭鼻尖："不知道哎。是神经病吧……"

"不要紧吧？疼不疼啊？"女孩子心疼地碰碰少年红肿的面颊。

"没关系的啊。对了，刚才我们说到哪儿啦……"

八

半年前。

徐爱暖在放学之后的那条街上买了爱吃的零食，穿过小巷子时，偶然看到了正在向心爱女孩子告白的邵佳辰。男生睫毛很长，脚上蹬的是匡威 All star 的纯白色帆布鞋。徐爱暖想着这是一个精致的少年，如果他的名字刚好叫顾良言的话。

倾轧而过的汽车按着喇叭，回望着巷道少年和少女的徐爱暖却没有停下……

记忆出现短暂性留白的徐爱暖，从此失去了五分之一的小脑，失去了平衡，失去了一段幻想中的爱情。其实，她最终失去的，不止是一场病。

作者简介
FEIYANG

　　杨雨辰，女，1988年生。（获第九届新概念作文大赛一等奖，第十一届新概念作文大赛一等奖）

来自夏天的魔法 ◎文/金子棋

有天早上我在镜子里遇见了一个陌生人。

我看见他的时候一时间辨别不出他的性别。他的头发有点长，肤色浅淡，尤其是睫毛细细密密地排满了狭长的眼睑。

那个时候我正在刷牙，满嘴泡泡。白色的牙刷挤在嘴里，右半边脸鼓了起来，像是肉多汁多的小笼包。

过了半晌，他终于不再拿漂亮的眼睛瞪我，嘴角向上扬，像是一个嘲弄的微笑。他说："对面那个，你衣服扣子没扣好。"

在他的提示下，我发现我那件淡蓝色的对襟开衫的确有一粒扣子错了位。我背过身去把所有的扣子一个一个解开，再重新按照正确的路子把它们扣好，我一边动手，心里一边琢磨他的声音我似乎在哪里听过，可是确切的地点却想不起来了。

"我说，对面那个。对，就是你。"我含着牙刷嘟嘟囔囔地说，"你胡子没刮干净呢？嗯，下巴有点青。"

他伸出一只光洁的手摸了摸他那俊俏的下巴。若有所悟地叹了口气，"三天了……"

"什么？三天了？"我打断他。

他斜着漂亮的眼睛饶有趣味地望着我，我被他看得心里直发毛。挥舞着牙刷强调道:"我对你可没兴趣啊!问问罢了。"

他听了我的话也没有把视线移开,仍旧那么看着我,可是语气似乎有点变化,音调似乎沉下去了一点。他说:"我明白。"

"嗯……"我应了一声。见他没有再开口的意思,便继续刷起了牙。其实我是有点别扭的,毕竟这还是我第一次在别人的注视下刷牙。可是我觉得他似乎没有观摩别人刷牙的兴趣,他只是没处望罢了。这样一想,动作便又自然了起来。

最后在我借着他头旁边的那片空地认真地涂睫毛膏的时候,他终于又开了口。

"涂睫毛膏的那个,去放点音乐可好?"

"你想听什么?"我没看他,继续折腾我的睫毛。

"随便。"可是过了一会儿他又说,"放你喜欢的吧。"

我朝他抿了抿嘴表示赞同。这时候我正在涂口红,淡粉色亮亮的那种,所以不太方便讲话。其实我觉得口红的颜色是很有讲究的,好比说我正在涂大红色的那种口红,一定会让人觉得我是很风情万种的那类女人。如果说我在涂玫瑰色的那种,也许别人就会想这说不定是个规规矩矩的大家闺秀呢。如果我在涂暗蓝色或是莹紫的那种,别人就会想,"完了完了,又是一个朋克小妞。"所以我个人还比较倾向于粉红色或者橙色的,让人想起来像个很青春很可爱的少女。

我跑去给他放了一张 Chara 的,我觉得 Chara 的声音像个孩子,很适合静谧的早晨。我把音量调响,让他在镜子里也能听到。最后我想了想,又在那首名为《初恋》的歌上按了 Repeat。后面的歌似乎有些吵。

我去卧室换了衣服。荷叶边的白衬衫搭配水蓝色的短裙。换好衣服,我又跑去厕所里照镜子,发现他还在那儿。

"哪,我要出去了。"我取了根蓝色的绸带,把头发高高地梳在脑后。"你不走么?"

"嗯,我一直待在这儿。"

"一直？"

"是的。"他冲我点点头。

"那我走了。"我对他笑笑。最后再侧着脸照了照脑袋后面那蝴蝶结。像朵湖蓝色的花朵在我身后摇曳。

那天是和我的小男朋友约好的。我的小男朋友现在八岁，眼睛又大又圆，睫毛又长又密，样子甚是可爱。

我并不是有恋童癖什么的，只是在十年前时间就在我的小男朋友身上停止了。他现在仍旧是一八岁小男孩的模样。踮起脚尖也只到我肚子的地方。头发软软黄黄的像只 Cheese 蛋糕。

我的小男朋友总是喜欢说些幼稚的话，做些幼稚的事。尽管如此我还是很爱他。我是这样觉得的，人一旦对谁付出了感情就不该轻易放弃的。

那天我带了一盒子水果糖给我的小男朋友。他好像很高兴。他坐在我身边的长椅上侧过脸来望着我，脸上是孩子特有的顽皮的笑容。

"喂——"他眯着眼叫我。

"嗯？"我对他不礼貌的叫唤早已习以为常。

"那朵云和你长得好像。"他抬起小手指着天空的某一角落。

我假装凑过去看，顺着他指的方向是一片绵延不绝的云朵。我猜想他说的是当中那块凹凸有致的。

"鼻子有点塌呢。"

"嗯，但是和你很像。"

"你开玩笑的吧。"

"没有。"

"那你一定是欠揍。"我伸手揉乱他的头发。

他撇撇嘴，一副不置可否的表情。

那天的霞光是奇异的玫瑰红。我的小男朋友既欣喜又兴奋地牵着我的手在花团锦簇的公园里散步。他蹦蹦跳跳的样子像一只弹来弹去的皮球。我让他乖一点，他总是不予理睬。有的时候我都觉得他似乎在逆生长了，真的把自己当作一个孩子，无忧无虑了起来。

后来我把我的小男朋友送回了家。他今天有些反常，没有突然爆发一阵莫须有的大男子主义。如果是在平时我说要送他回家的话，他总要嘟嘟囔囔唧唧歪歪骂骂咧咧一阵，台词大体是一些上不了台面的话。什么"我是个男人哎，不要你送"，不然就是"我自己走"，然后就气呼呼地背过身去装出一副不想理睬我的样子。他总是要这样翻来覆去地闹一阵，直到我亲了他的脸蛋才肯善罢甘休。

我觉得他真是个孩子，心里装满了轻快的游戏。

那晚回家后，镜子里的美少年还在。

他说他饿了，而且镜子里又热又闷，搞得他很反胃。

我说你有王子病吧？

他笑笑说没有没有，就是第一次待在这个地方有点不习惯。

后来我去给他搬了台电风扇对着他吹，又给他拿了瓶可乐和一大瓶葡萄汁。我坐在浴缸边上看他吃得津津有味。

过了一会儿，他抬起头问我，"今天去哪了？"

"去了公园。"

"一个人？"

"不是。"

"那……"

"你很烦。"我从浴缸上跳下来，不理睬他的叫唤。

那天晚上我坐在沙发上一杯接一杯地喝蓝山，放一首名叫 Crystal 的歌。演唱它的是一个美女，她有好听的名字叫 Melody。

夜晚的风穿越每道斑斓的霓虹向我飞奔而来。

七月里的空气里仿佛有悲伤的噪声，每一声蝉鸣都混合着我对你最深的思念。你躲在童话里，躲在矮人的世界里，躲在神秘的森林里，不想出去。

接下来的一个礼拜，长睫毛的美少年一直栖息在我家的镜子里。不管我是去上课、逛街、看亲戚，回来后总能看见他一脸安详地听着音乐或者大叫大嚷说他饿死了要吃东西。

我每次问他你不回去了吗？他总是笑而不答。那种笑容非常欠打。

忘说了，礼拜三的时候还有人来看过这家伙呢。

说是人似乎不太确切，其实是一只半人高的萨摩耶。

双眼皮，毛雪白，笑起来的时候还有虎牙。

那天下午我正在打扫房间，听到门铃响就去开门了。大白天我也没有去看猫眼。所以开了门之后差点没有被他吓死。

犹记得他一个健步把我扑倒，然后就熟门熟路地跑去厕所，进去的时候还把门一踢，上了锁。只可惜他疏忽了一点——我有钥匙。

我进去给他端了一壶茶，一边热情洋溢地傻笑一边问他要不要我搬张椅子给他坐。他显然对我的打搅感到不快，不住地拿眼睛横我，最后他的视线落到了我手里的茶托上，来了句："这么小的杯子，你让我怎么喝？"那语气明显是在使唤下人。

算了算了，进门都是客，去给你换还不行？我心里想，这一人一狗都有王子病。

后来萨摩耶王子殿下就趴在了马桶上和美少年王子聊起了大天。什么你这两天好不好？那女人有没有欺负你？你什么时候回来？那女人什么时候回来？

我躲在门外，手里拿了根拖把当掩护。什么叫"那女人什么时候回来"？指的不是我吧？我听得云里雾里便没了兴趣，一个人自顾自地看起了偶像剧。

后来美少年也没再跟我提起这件事，我也没好意思问。就当它是一个小插曲，在我们记忆的银河里消失踪迹。

星期天，我早早起床给美少年做早饭。火腿蛋配奶茶，我笑笑地给他端过去。

他觉得我反常，问我是不是去和男朋友约会。我说你真聪明啊，再奖你颗蛋。今天是纪念日。

"哦，这样啊。"他点点头，继续消灭他的火腿蛋。

"嗯……咖啡色的裙子会不会显得老气呢？"我有些不安。

"还行吧，就是妆有点浓。"

我一听立马往脸上涂卸妆水。重新化。

"你男朋友是什么样的人啊？"

"是个小孩。"我心不在焉地随口答道。我的注意力全在我的眼线上。

"哦。"他似乎露出了失落的表情。不知道是不是我的错觉。

过了一会儿他又问我："和小孩在一起不会没有安全感么？"

"不会啊。"我合起眼影盒的盖子，语气平静。

那天我走之前他叫我回来的时候给他带些甜点。我答应了他，便出门了。

我和我的小男朋友约在了游乐场。

我捧着一盆浅红色的风信子，穿着浅淡的咖啡色裙子像是有浓郁的奶香漂浮在空气里。那天是万里无云的晴朗天气。夏天的艳阳在人们的头顶上嚣张。我躲在一棵梧桐树的影子里，看树叶和暖风捉迷藏。

我本来是挺开心的，可是那天我的小男朋友很不乖，整整迟到了一个小时才来。

他来的时候，我看见他小小的身体后面又跟着另一个小小的身体。我那个欣喜的笑容就僵死在脸上。我有种万劫不复的预感。

我的小男朋友很可爱地站在我面前，拉着那个小女孩的手。他用又大又圆的眼睛望着我，他说："我女朋友，漂亮吧？"

我冲他点了点头，我不知道要说什么。

我站在他们面前像个孤独的外星来客。

我的小男朋友说："你已经长大了，而我还是个孩子。"

我把眼睛望向别处。

我的小男朋友说："我们不合适。"

我抬起手揉了揉眼睛。

我的小男朋友说："那就这样吧，再见。"

我捧着那盆风信子，给它浇了一滴温热的眼泪。

我的小男朋友和他的小女朋友一起买了半价的票去游乐场玩了。

他们把我留在了树下，走了。

我把花留在了树下，离开了。

那天晚上的月亮像一艘浅浅的香蕉船，在云海里翻转。我拎着一袋子软香的糕点，打开了家里的门。

我本来是要惊叫起来的，因为有一瞬间我以为我家遭了窃。整个房间空旷得像个篮球场。可是当我瞥见天花板上悬挂的一只巨大的水晶灯和它的下方蜷缩在软靠垫里的男人，我便意识到不是我家遭了窃，而是我走进了别人的家里。

我走过去，坐在他身边。叹了口气，继而有些悲伤地说："我好像迷路了。"

他没有理睬我，只是换了个姿势继续他的安眠。水晶灯在头顶上散发着目眩神迷的光芒，我发现他的下巴有些青，头发有些长，肤色浅淡，睫毛纤长。

原来是你。

我把袋子打开，开始吃起了甜点。

今天是怎么回事？抹茶蛋糕有点咸。

你和我玩游戏么？鸡蛋卷软了下来。

你是要一直保持沉默么？曲奇饼干吃出了咖啡味。

你回答我啊？菠萝派变成了苦花菜。

我一个人，很害怕。哪里有水？噎住了。

他起身去厨房里泡了柠檬茶，盛在两只花花的玻璃杯里。坐在我身边，盘着腿。柠檬茶在杯子里淘气，咕嘟咕嘟吹着泡泡。水晶灯晃啊晃的，仿佛在和天花板闹情绪。

在乱乱的光影里，他突然打了一个哈欠。然后笑笑地在我脸上拧了一把。

"没什么肉呢。"他用漂亮的眼睛望着我，佯装出轻松的表情。

我不理他。

"早上的歌很好听。"

我保持沉默。

"我们跳支舞，好不好？"

我拿他当空气。

"你很小气哎。"

这里有人么？

"你走光了哦！"

我听到这话，差点被柠檬茶烫到了。

"我要回家。"

"这里就是你家啊。"

"你去死。"

我站起身打算逃离这个鬼地方。去游戏机房晃过一晚上也好，去电影院看一晚上电影也好，去朋友家霸占她的床也好，反正就是不要待在这里。

然而这个从不缺乏幽默感的世界，再一次对我开了一次低级的玩笑——门打不开。

我站在门口，手足无措地哭了起来。

我一个人，活在自己的世界里。失去谁我都在所不惜。我想把那些倾注在我身上的感情忘掉。记忆压得我喘不过气。

我也想把我对你的爱忘掉。想念的重担我承载不起。

寂寞是来自外太空的怪兽，我没有超能力，打败不了你。

他走过来拉住我的手，把我带到一个暖色调的房间里。那里有纸质的灯罩，光线仿佛有了身体。暧昧的白色。

房间的中央有面全身镜。他歪着头看着我说："你进去。"语气冷漠。

过了一会儿，他看我没动，又说："你进去吧。他在等你。"

"谁在等我？"

"被你忘在梦外的世界。"

"我是在梦里？"

"算是吧。"说完他在我背后推了一把。

在我跌进镜子的一瞬间，仿佛看到了他如光线般温暖的笑脸。

爱开玩笑的世界消失了。

我从镜子里窜了出来，掉进了自家的厕所。我揉揉屁股，想去客厅里倒杯水喝。

我出去，发现沙发上躺着一个人。在睡觉吧。

那是我长大了的小男朋友。眼睛又大又圆，睫毛又长又密，踮起脚尖比我高出一个头还多。他身边趴着也在熟睡的萨摩耶小王子。

我一下子改变了主意，不打算去喝水了。回卧室，睡觉吧。

我醒来，你坐在我面前。

窗外是夏天的艳阳，照得你睫毛上的泪水，仿佛啤酒的泡沫。

作者简介
FEIYANG

　　金子棋，1989年生。布丁控，名牌控，轻微正太控，恋爱恐惧症，夏日厌食症，老萝卜装嫩，想当萝莉的正宗御姐，标准梦游家，美少年猎奇爱好者。在《萌芽》《中国校园文学》等杂志发表文章。(获第十届新概念作文大赛一等奖，第十一届新概念作文大赛二等奖)

花事了  ◎文 / 张希希

　　在春天快要结束的时候，空气中已经隐隐约约弥散出夏季馥郁的气息。树木和树木之间散发出清新扑鼻的味道，混合在春末傍晚的温情脉脉里，显得格外的暧昧多情。这真的是一个讨人喜欢的时节啊，盛之以走在林荫道上的时候，这么心情愉快地想着，脸上也随之露出了一个情不自禁的笑容。

　　"盛之以？"站在公交车站的站牌下面有些百无聊赖地低头踢着脚下的小石子，身后突然响起了这样一个有些陌生的，清脆的声音，盛之以带着几分疑惑转过头去，女孩子个子不高，娇娇小小的模样，一张清水面孔，皮肤五官都是素净的，只有眼睛又大又圆，看人的时候目光直直射过来，丝毫不肯遮掩。在春末的温度里，女孩子只穿了一件桃粉色的线衫，鹅黄的短裙，都是娇艳欲滴的颜色，把女孩衬托得分外好看。盛之以顿时愣住了，他傻乎乎地看着女孩，万万没有想到有一天他居然还能再见到她，他真的是一点儿都没有想到。

　　"喂，老同学，你不认识我啦？我可是还记得你喔——"女孩的声音拖得很长，尾音懒散地上翘一下，真是好听。盛之以觉得自己想个白痴一样只知道咧开嘴傻笑了半天，然后踟蹰着冒出一句，"季笑柔，我怎么会不认识你啊。"这个叫季笑柔的女孩听了这句话，立马露

出一个心满意足的笑容，对着盛之以做了个鬼脸，然后就有一搭没一搭地跟盛之以聊起来。在这等待公交车的十多分钟里面，两个人简单地交换了一下彼此最新的个人信息。女孩就在离盛之以单位不远的一所大学里面念国际英语，看上去还算挺热门的一个专业。临到跳上车的时候，季笑柔匆匆忙忙从口袋里面摸出手机，大声对盛之以说，"快点把你号码给我啦！"盛之以在心里暗自笑了一笑，这个季笑柔，还真是一点变化也没有啊！

退回到四年前，季笑柔是盛之以的初中同班同学，也是他的同桌。作为一个对学习厌恶透顶的所谓差学生，盛之以实在是对老师特意安排给他的同桌季笑柔没什么好脸色。季笑柔是班里面的文艺委员，特别会跳新疆舞，她把大红色的新疆舞裙往身上一穿，脖子、肩膀、手臂、腰肢一起扭动起来的时候，那个模样真是动人，简直拿下班里超过半数的男生了。盛之以也喜欢季笑柔跳新疆舞，可是他烦季笑柔那个总霸占着班级前五名的成绩和她那总是盛气凌人教训他要好好学习天天向上的样子。盛之以的爸爸妈妈在他很小时就离婚了，他是跟着爸爸过，被爸爸一手拉扯大的。盛之以的爸爸是个没什么文化的普通工人，老实巴交的，除了看住盛之以不让他去游戏机室打游戏以外，什么也管不了他，就算盛之以每次都拿回家一张倒数第一的成绩单，他爸爸只是张张嘴，却什么也说不出来。盛之以的妈妈就更不管他了，她离婚以后又重新嫁了人，是她厂子里面的同事。前几年厂子经营不善倒闭了，他们夫妻俩双双下了岗，靠在小区里面开一间小卖部维持生计，光养活自己都还来不及。何况她一直觉得对盛之以心怀愧疚，每次盛之以到她那里去，她都想尽办法讨好他，把小卖部里最好的零食拿给他吃，总是一副再小心不过的姿态。

所以盛之以实在是受不了季笑柔的约束，他真心实意地厌恶她，季笑柔跟他说话的时候他总是爱理不理的；跑到草丛里面捉来蚂蚱偷偷藏在她的笔袋里面，等待她上课打开拿笔的时候那一声惊恐的大叫；

在她回答完问题坐下时迅速抽掉她的凳子。盛之以用他所可以想到的一切办法来捉弄季笑柔，他盼望着季笑柔有一天受不了了然后跟老师要求调换座位，可是季笑柔偏偏不遂他的愿，她是那么小的一个女孩子，却固执、坚定，全身都充满了令人吃惊的力气。起初对盛之以的捉弄季笑柔也生气，拿那双漂亮的眼睛狠狠地盯住他，大声在他耳朵边谴责他，你为什么要欺负我？后来她逐渐不再多说话，不管他做什么，她都无所谓的模样，连瞥盛之以一眼都懒得。她是一个再骄傲不过的女孩子，然而她还是冷冷地找出盛之以生词默写里面的每一个错误，坚持要他反复抄写上十遍。这样的固执和坚持一直到初中毕业，季笑柔去了市重点，而盛之以，入了职业高中。

盛之以在那以后没有再见到过季笑柔，可是他不知道为什么突然怀念起季笑柔对他的约束，她笑起来眉眼都用力打开的样子，她瞪着他或怒或憎的样子，还有她低着头认真帮他检查作业的样子，脑袋垂得很低很低，一直要撞到桌面上去。盛之以的心忽然一下子就变得婉转温柔起来，他有些开始想念她了。他意识到了自己的这种情绪，发狠劲决定不让它继续酝酿下去，无论从哪个方面来看，他都离季笑柔有太遥远的距离，盛之以不是一个会痴心妄想的人，进入职业高中以后他学的是汽车修理，这个他特别喜欢的活计，上手非常快，老师也经常称赞盛之以在这方面很有天分。他满意自己现在的生活状态，他也很清楚自己的生活状态。他会很快毕业，然后找到一份工作，普通人的衣食住行，就跟他的父母一样，而季笑柔，明显与他的生活是格格不入的。

就像盛之以计划的那样，他如期顺利毕业了，并且在老师的推荐下进入了一家在市里小有名气的汽车修理厂。盛之以踏踏实实做事，在单位里面，大家都很喜欢这个个子高高，眉清目朗，不怎么说话的男孩子。已经有热心的同事阿姨给他张罗着介绍女朋友了，盛之以不太愿意见面，他觉得他还没准备好，一个刚工作的年轻人，什么都没有。盛之以说他想等挣两年钱再说，现在他拿的那点工资，都用在孝敬他爸爸身上了。盛之以几乎隔天就会到超市里面给他爸买一瓶北京产的小瓶装的二锅头，到菜市场的卤菜店买半斤油炸花生米。他喜欢看着他爸爸坐在桌子面前"滋滋"地就着花生米喝酒，盛之以喜欢那样的情绪，那才是生活里面最质朴的幸福，盛之以觉得自己是有价值的，起码，他让爸爸愉快起来，他是真的可以孝敬爸爸了。

盛之以的计划里没有季笑柔，她不过是遥远的不真实的梦幻，好看而已。然而现在，这个姑娘以一种迅雷不及掩耳之势的姿态出现在他面前，是如此的突然，让他措手不及，一点思想准备也没有。盛之以望着季笑柔乘坐的公交车绝尘而去，内心充满了从未有过的惆怅。盛之以只能看一看手机里面这个新增加的号码，他知道自己是绝对不会去拨打这个号码的，即使他会牢牢地记着。

然而季笑柔先发了短信给他，她跟他说起自己最近一门课程学得很差，怎么都看不进书。她又发短信给他，说起她和好朋友之间起的摩擦。她就这样时不时地给他发短信，偶尔打一个电话问候他。盛之以有耐心地一一回复她，用他所可以知道的全部来回答她。盛之以不能欺骗自己他喜欢这个女孩子的事实，盛之以想逃避也没有用。他不知道季笑柔这样的态度算是什么，她是个大学生，还是一个这样漂亮的姑娘，而他盛之以自己，只是一个再普通不过的职业高中毕业的工人，季笑柔从哪个方面来看，都没有可能喜欢上他。但是如果季笑柔不是喜欢他，那么她这样对他，总是不停地联系他，甚至会说她想念他，这些，都算什么呢？

还在盛之以苦苦思索百思不得其索的时候，季笑柔率先给他发来了短信，季笑柔的短信很简单，就一句话：我们在一起吧！盛之以的脑袋一下子就蒙了，他打电话过去给季笑柔，他想问她为什么。季笑柔只在电话那端轻轻地说，你只需要回答，好，或者是不好。别的，什么也不要说。

好像是有一个世纪那么长久，在长久的沉默之后，盛之以低低地说了一声，好。就是这么简单，没有任何多余的言语。简单到盛之以对自己在修理厂的好朋友小朱说起来的时候，小朱惊讶地张大嘴巴，半天都合不拢。小朱想了很久以后一连串的问题如同连炮珠般地问了出来，这个姑娘好看吗？这个姑娘到底是图什么？这个姑娘不是想骗你吧？盛之以有些郁闷地看着小朱，难道我就不能配个好姑娘吗？小朱连忙摇摇头，又点点头，然后闷声闷气丢过来一句，哥们，咱得找准自己的位置啊。

盛之以没有再说话，他想找准自己的位置，他不盲目。可是爱情实在是一件让人盲目的事情，让人头脑简单，让人失去理智。一样期盼已久的事物放在你面前，大概没有几个人能有那样好的抵抗力。盛之以不愿意想太多了，他只想好好享受这份来得虽然突然可是着实美好的爱情。他几乎每天下班以后就到季笑柔的学校去，和她一起在食堂你一勺我一勺地分一份饭，牵着手在学校的绿地里散会儿步，或者只是陪她去上晚自习，认真看着她看书的表情。盛之以由衷地享受和季笑柔之间的点点滴滴，他觉得幸福，他真的幸福。

很多次，盛之以想问季笑柔为什么她会喜欢他，可是季笑柔只是对他甜甜地笑，却什么也不肯说。问得急了，她就埋怨他，喜欢就是喜欢呗，哪有那么多为什么。你没看见书上都说爱情是盲目的没有道理可以讲的吗。盛之以也咧开嘴傻笑，他想，这真的是一件很没有道理的事情。他离季笑柔的距离那么遥远，可是这样好的姑娘偏偏就是和他好上了，真不讲道理！

两个人的感情很好，就这样，温柔地、坚定地展开着。甚至在初中同学聚会的时候，季笑柔坦然大方地拉着他的手，把他的胳臂牢牢地挽住了，在同学们诧异的目光里安静地向他们说，现在我们两个人在一起了！反倒是盛之以感觉到不好意思，感觉到羞涩。季笑柔只是在不能制止的窃窃私语里把他的胳臂挽得更加紧了。季笑柔还积极怂恿他经常去看他妈妈，她跟着他一起去。他们三个人一起坐在小卖部的柜台后面，一边磕着葵瓜子一边闲闲地拉家常，就像一家人一般融洽。盛之以本来是很不喜欢他妈妈的，他觉得他妈妈抛弃了自己父子俩，实在是可恨。但是在经常去看她以后，他逐渐开始理解她，她也很苦，那些年日子真的太穷太难捱，他父母又是媒妁之言而结合的，感情基础本就薄弱。他妈妈这些年来也并没有过过几天好日子，她是个苦命的女人，意识到这点，盛之以开始怜悯起她，每次来都会先去超市买些东西，她舍不得吃的零食和舍不得用的平价护肤品，那些在超市开架的十多二十来元的东西就哄得这个女人心花怒放，盛之以在她的笑容里望向季笑柔，季笑柔也对着他，浅浅地笑。

　　时间就在这样的温存里面像一股淙淙的泉水，缓慢地流过，就算偶尔有激流、有旋涡，也很快就恢复了平静。季笑柔很快就要毕业了，她和盛之以不只一次商量自己的前途问题。老师鼓励成绩好的季笑柔考研，她不愿意。"我都怕死了，已经学了这么多年，还要让我再学两年，我可要疯了呢。"她轻描淡写地对盛之以说，一脸无所谓的态度。可是盛之以知道其实她是想的，她的成绩单上每门成绩都是优秀，年年都拿着一等的奖学金，季笑柔真的是块读书的材料，她是怕她和他的差距越拉越大啊。盛之以也希望季笑柔考研，他不想耽误她什么。可是季笑柔执意要工作了，她甚至计划好了，就在本市的各家单位里面挑，只给他们发简历，她说她喜欢这个城市，她不想到别的地方去，人生地不熟的。盛之以怎么说，她都不肯改变自己的决定。盛之以看着季笑柔耐心浏览着本市的招聘网站，然后飞快地挥舞着手指把一份份的简历发出去，他心里突然涌起来一股深切的内疚，他觉得他把季笑柔的翅膀折断了，如果不是他，季笑柔应该有更好的前途，季笑柔是不应该留在他们这座不大的城市里面的，在这个城市里，好工作都屈指可数。但是盛之以所可以做的全部事情就是在不太忙碌的时候请假陪着季笑柔穿过这个城市的大街小巷，穿梭在那些高楼大厦的鳞次栉比里，为寻找一份合适的工作而用尽全力。
　　就像廉价小说里面情节一样，那天在下班的时候盛之以像往常一样，有点着急地换工作服，把手洗干净，他很细心，把每一根手指上面的污垢，特别是指甲缝里面的油渍，都打上肥皂洗得干干净净。然后盛之以和小朱打了招呼，说了声再见，就出了厂子，他步子很快，今天下班时候有点晚，有一辆车的发动机出了点问题，半天都没修好，好在总算是找到了原因。盛之以想着，对自己满意地笑了笑，又从口袋里掏出手机看看时间，离季笑柔下课还有十多分钟，可要快点走才来得及。盛之以昨天答应了季笑柔今天两个人要一起到学校后门去吃水煮牛肉，季笑柔特别喜欢吃这个菜，可是她又是容易上火的体质，一吃多了辛辣的食物就会满脸生青春痘，所以盛之以平时是不让她多吃的。但是前几天季笑柔最重要的一门专业课国际贸易英语成绩下来了，她居然拿了满分，所以两个人商量好了要一起去吃水煮牛肉庆祝。盛之以想到季笑柔狼吞虎咽地吃着牛肉和黄豆芽，被辣得直咂舌头，满脑门子都是汗珠子的情形，心里暗暗地乐起来，脸上也不禁浮现出一个宠溺的表情。盛之以加快了步子，然而这个时候，他被人拦住了，确切地说，是被一辆车，拦住了。

这是一辆宝马七系，车身白得跟雪似的，一尘不染。车上下来的女人也白得跟雪似的，长波浪的头发在头顶心盘成花朵似的髻，简单的一件半袖连衣裙，米色，干干净净的连一丝皱摺都没有。即使是盛之以是个对服装一窍不通的人，他也很容易就看出了那件衣服的质料上乘价值不菲。女人五十岁不到的模样，保养得很好，妆容清淡精致，从坤包到皮鞋都一丝不苟，是个懂得打扮的女人，她还没开口说一句话，盛之以就从她那张和季笑柔八九分相似的脸上找到了她所要说的每一句话。

"你是，盛之以吧？"女人笑了笑，一种平静的却丝毫让人感觉不到暖意的笑容。盛之以冲她点了点头，女人便接着继续下去，"我今天来找你，是因为我们家小柔，这个孩子平时被我们宠坏了。原来我们并不知道她和你之间的事情，我们早就安排好了的，等她大学一毕业，就让她出去留学，读个硕士，最好就留在外面发展了。我们有个世交家的孩子，挺好的一个男孩子，跟小柔也熟，他们打小就一起长大的，他也准备一起出去念书的，我们觉得，两个孩子从小就要好，也是知根知底的，小柔跟着他出去，有他照顾，我们做父母的，也是放心的。"女人的句子很简短，不紧不慢的语速，好像胸有成竹的模样。盛之以只是望着她，什么也不说。女人的目光在盛之以身上停留了片刻，就投到了远方去，心不在焉的，不知道在看着什么地方。

在半晌的沉默后女人又继续说，"我看，你也是个通情达理的人，我们家小柔，从小娇生惯养的，什么都不懂。她什么苦都没吃过，一点都不知道柴米油盐贵，我们也不希望她要为这些事情担心。小柔本来应该有她的大好前程，有我们为她安排好的一切。"

盛之以听到这里，对着那个女人勉强地挤出一点笑容："那么，你就让小柔去按你们安排的路走呀。"

女人的脸色一下子沉了下来，她盯住盛之以，一字一句地说："但是现在，小柔为了你，不肯去留学，她要自己找一份工作！她一个未谙世事的小姑娘，她能找到什么工作，她要为了你，去做那种拿着微薄薪水的工作，那种连她的一条连衣裙都买不起的工作！"

盛之以的脸色一点点黯淡了下去，他想起每次他称赞季笑柔又穿了一件漂亮的衣服，她就笑嘻嘻地告诉他那是在小店里面淘的，才几十块钱。

盛之以的表情越来越难看，他想起每次他给季笑柔买一个 KFC 的甜筒她就欢喜得眉开眼笑的表情，他们一起出去吃饭，有时候他想带她去吃点好的，进那些看起来很高档的餐厅，那些在橱窗里面展示的模型都那么令人食指大动，可是季笑柔总是阻拦他，说她不喜欢，她就喜欢那些街边的小摊，喜欢大排挡。盛之以忽然觉得很心酸，他想他真的是亏待了她，和他在一起，她吃了多少苦，她只是不说而已。

盛之以的心被揪了起来，他望着女人，然后很用力地说："我知道了。"

女人没有再说什么，只是沉默而认真地看了他一会儿，然后幽幽地叹了口气。她转身关上车门，车子在盛之以身边绝尘而去，很快就失去了踪影。

他没有去接季笑柔，这是他第一次对她失约。他关机三天，然后被季笑柔堵在厂门口，她一张面孔上还带着泪，盛之以努力作出平静的表情，他对她说，我不喜欢你啦，我喜欢别人啦。然后他径直绕开她，往车站走去。季笑柔在他身后拼命地叫他的名字，声音里面满是绝望，他连头也不回，他知道他不能回，他和她，真的不是一个世界的人，他们曾经在一段路上一起走过，只要一起走过，那就好了。

季笑柔终于还是走了，去新西兰留学，就像她的父母筹划的那样。季笑柔走之前还是来找了一趟盛之以，盛之以一如既往地想躲开，她把他叫住了。她表情温柔地对他说，我是来跟你告别的。盛之以停住了，他看着她。她笑微微地对他说，我后天的航班。之以，我喜欢你，我从来没告诉过你为什么，现在我想告诉你。盛之以的心跳起来，跳得那么快，他想他终于要知道答案了，他看着她，眼睛连眨都不眨。季笑柔对他又笑了一笑，那是初一刚进校的时候，我们还不熟悉，那天放学你走在我前面，我看见你给路边乞讨的老人两个硬币，那个老人一直都在路边乞讨的，七八十岁了，只有一条胳臂，头发全白，穿得破破烂烂甚至衣不蔽体的样子，我们那些同学经过他身边的时候都要绕开他走，觉得他身上有难闻的气味和跳蚤，只有你不，你给了他两个硬币，还走到他面前，弯下身子放在他的碗里面。后来我发现你每次经过那个老人身边都是要给他硬币的，而且我在帮班主任整理全班同学档案的时候发现你家里经济条件其实非常一般，你并没有太多零花钱。于是我慢慢喜欢上你，因为我看见了你的心，那是比金子还要珍贵的一颗心，我和老师主动要求和你同桌，我想帮你提高成绩，当然我失败了。她自嘲地露出一个笑容，可是后来我又遇见你，我想这就是天意，我不在乎什么差距，我只在乎你那颗金子一般的心灵，之以，我是真的爱你。盛之以没有说话，他没有想到她爱他，居然是这样长，居然早从那时候开始，亦比他所想象的深远，他即使千万次设想过，却万万没想到，是这样的原因，这样的纯粹。他有些难过，他居然就这样，把这样爱他的她放走了，他不知道他是不是做错了，可是，他已经不能回头了。

盛之以没有去送她。他走在林荫道上，天气真好，就像那一个傍晚一样，春末夏初的温情。空中有飞机划过的声音，他抬起头，不知道那是不是就是季笑柔的航班。盛之以转过头看了看，身后没有人，可是，他相信，有一天，季笑柔会突然笑着在身后叫他，就像她突然出现的那天一样。就好像春天的花朵开放过，衰败了，可是夏天的花朵还要继续盛放，一场花事了结，是为了等待下一场花事。是的，盛之以相信着，并且，等待着。

作者简介
FEIYANG

　　张希希，非典型的摩羯女。喜欢读书，喜欢绘画。相信在成长的过程里，任何璀璨都只是一笔带过。喜欢清澈的电影，希望可以分享的文字。喜静，亦喜动。（获第八届新概念作文大赛二等奖，第十届新概念作文大赛二等奖，第十一届新概念作文大赛二等奖。）

莎士比亚的天份   ◎文/白云

你与自我为敌，作践可爱的自身，

有如在丰饶之乡偏造成满地饥民。

你用自己的花苞埋葬了自己的花精，

如慷慨的吝啬者用吝啬将血本赔尽。

——莎士比亚

文字是一种承诺么？还是你嘴边勾勒的无谓之誓？

海边，在日光下光鲜亮丽的誓盟，总有一种直达人心又遥远难喻的力量。亲近而疏离的，文字的古老游戏。

从文字诞生的那天起，往往复复总是有人在无声中掉落承诺的深渊。尔后旁人哗然，一场陷阱。

承诺有真有假，有善有恶。美好的承诺看似完美却与现实背道而驰。而那些不惊天不动地的承诺有时却能够真正成就一番作为，以及让一个委琐的人变得豁达。承诺并非浪漫人的特属。承诺并不遥远。

承诺可以是随手戴上无名指的戒指，也可以是一个如释重负的转身。

文字是承诺的一种，迷蒙而深刻。文字是承诺，被篆刻在某座无名的高崖上，最嶙峋的石的背面。无法风化，不见天日。

青苔爬蚀，文字注满潮湿。湿漉漉的文字被时光打磨得苍劲，足够撑起一个庞大无际的背叛。

不得不说，背叛总是离承诺不远。

初次见你，在黄昏的车站，人声鼎沸，车辆不断从相对的方向疾驰。你背着笨重的木吉他，轻微的走神。双手插袋，和所有小青年一样囚禁着自己在封闭的世界。对社会有盲目的抵触与排斥，对生活充满激情与绝望。

你和所有的小青年一样漠视周遭的环境，不懂得保护自己。我本没什么新奇，却在无意之中看见你琴套右边复古的字迹。一个诗意的姓名：Shakespeare。

轻描淡写却深刻的姓名，黑色琴套上用微带银光的笔写着。

川流不息，城市是喧嚣的，流转的星辰，曲折蜿蜒的经脉一般，城市在摇晃。唯独寂静的，是一个在夕阳包裹下泛着微光的，西式的，繁琐的，震撼而寂静的姓名，一行复古。

"Shakespeare。"

威尼斯听晚城余音，喧闹被金色覆盖。黄昏在飘摇。

莎士比亚在船上写诗。

十四行诗。

时光磅礴，人性浅陋，而水始终沉默。时光吻醒停歇在教堂十字架上的眼神犀利的鸟。

时光吻醒了谁？是谁在用文字承诺。

再次见你，在夜晚广场的东南角落。城市所有的霓虹都掉落进你小小的角落，好像你突然间就变成了这城市的谁。流淌的夜色灌进你的眼睛。仿佛我看见你，就可以看见一整座生活这么多年的城市。

你不理会四周，兀自深情，又带着一点漫不经心。

你抱着浅纹吉他唱着苏打绿的《小情歌》，流虹飞转，你的夜音飘转在城市的边角。小心翼翼，浅唱低吟的。

小小的小情歌。

而我就站在你对面。

我们对话了，微雨落下。你没有抬头就浅声地说："是南方的暴雨会如何。一个被淋湿的卖唱者，一个被淋湿的施与者。"

"你的确和所有小青年一样囚禁着自己在封闭的世界。对社会有着盲目的抵触与排斥，对生活充满激情与绝望。"

你笑了，站起身来反诘我："是这样吗？"

我也笑着："不是吗？"

就好像，我们认识。

后来，你总会弹着吉他，唱着浅吟般的歌。你说起你单亲的家庭，屋内滞固的空气，夜里无尽的失眠，和关于逃离的若干思忖。但所有倾诉的结果都一样，你低头沉思，然后说一句："母亲，还需要我照顾。"就继续安静地弹唱起来。黑色的睫毛覆盖着年轻又疲惫的瞳孔中，年轻又疲惫的挣扎。

> 多想要向过去告别，当季节不停更迭。
> 却永远少一点坚决，在这寂寞的季节。

威尼斯的夜色闪耀着水的格调。玻璃，陆离，透明，缄默。

莎士比亚也会从青涩走向衰老。走向厌恶。

青春何愁不可饶恕？

我在树皮上找到你一笔一划刻下的似梦非梦的暧昧言语。找到曾经。找到平素里奔跑时耳畔的风和晴天中五彩的气球。我听着与树叶擦肩而过的风声，就想到夏日里，挂在白色门框上那不断摇摆的风铃。你写信的手，一边用文字堆砌起七彩与无垠，一边拨弄声响清脆的风铃。

你忽然转身的笑，莫名就稀释了夏日里的所有烦躁。

只因，你像个孩子一样痴恋文字的古老。像是我迷恋曾经。

我于是看着你会无言，会微笑。虽然有那么多的事情让我对微笑作难，虽然压力四生，但我无法不对勇气做出妥协。我承认微笑有时是世上最大的谎言。

我有时同你走进夕阳笼罩的咖啡馆，坐在落地的大玻璃边。坐在射灯照射不到的角落，拉着秋千般座椅旁边缠着热带植物的座椅吊绳。我走神，因为在看着你的走神。

你说你看着对面街上的教堂屋顶，十字架上停着白鸽。白鸽左顾右盼的远眺像是占有高度的孤独。你眼中反射着夕阳的余温，梦呓似的说着这些。

你却不知，我看到的你的神情，与白鸽无异。

无声之中，想送你的每一束花都随着时间枯萎。无声之中，想陪你的黄昏和沙滩都是臆想而不是感怀。无声之中，你拉起我的手，于是整个星空都在震动。歌里的意境，是稍带做作，又源于生存的背景。

你对我的简单承诺唱在歌词里，不在乎他人眼光，你眸中四射温柔，唱起吉他的调。

难道你面对生活，就只能够依赖吉他吗？

你告诉我不是，你会喜欢在夜里一个人去琢磨 Shakespeare 的句子，那两句你尤为清楚：

> 你与自我为敌，作践可爱的自身，
> 有如在丰饶之乡偏造成满地饥民。
> 你用自己的花苞埋葬了自己的花精，
> 如慷慨的吝啬者用吝啬将血本赔尽。

你说那就是你，因此你给不了我承诺，只能够把你自己唱给我，如同莎士比亚将文字写向黄昏。

你可能还不知道我看见过你写的诗。在你的曲谱边，你忘记收起来。被我无意中看见，就慌乱又怜悯。我承认你的诗写得并不如你的曲子能够愉悦人，带着笨拙的真情。但看后，却让我更加倾心你的专注。

　　专注，有时可以等价一个人的未来。

　　我就这么乐观地想着，想你会有怎样美好的未来。美好的生活与事业，美好到让你能够弹一首歌，就忘记我。

　　莎士比亚总会在夜幕中找到繁星。像抓住一线游离的爱情。

　　他放下念了一个傍晚的诗歌，健忘写过的句子。

　　他可以在看见旋转般的星辰时，就酝酿下一幕戏剧的爱情。

　　我揉碎我从前写过的故事。因为在那个时候突然就恨起笔下的飘渺。

　　我遇见你，就发现世界上蔓延了多少抓不住的真实，就同情这世界上多少人都要被飘忽的真情玩弄。

　　"别撕了它们，留下。"

　　我有些同情的看着你。还是撕扯掉了她们和他。

　　"我说了别撕掉它们！留下！"

　　可我没有停，双手之下飘起狂乱的雪，眼睛依旧同情地盯看着你。

　　你抓住我的手，僵持，又放下。然后你也学会我同情的表情："你会后悔。"

　　从那时，我就明确了一些什么。拾起的，落下的，追逐的，放逐的，我统统都一清二楚了。我对自己最初的预感，做出了一些无可奈何的证明。

　　第一次告别，是街道口邮箱的旁边。我们脱口而出的"我要走了"让我们自己尴尬地笑出声响。我们都是自己的包袱，却不是对方的。因此我们轻而易举的告别说得如此轻松。你说去公交站看看吧，留个念想。我却把你引向河边。

坐在临河修建的石径旁，欧式的木椅，却是中式的垂柳。过往许多情侣，打得火热。我们的感情却一直淡到仿佛"君子之交"。

你说，我们都是这江中的水，流落天边某一片海。冲散的瞬间，又能够记得彼此多久。

我只能依偎着你沉默不答，此刻光阴流散得如此缓慢，只因我们就快要到达出海口。

能够记得彼此多久，又有那么重要吗？

你的吉他依旧在身旁，黑色琴套上微微泛光的"Shakespeare"和江水混成了一色。这一次，你没有触碰它的琴弦，没有音律的黄昏，我还有些不太习惯。你却一反常态地不断说话，像是在车站告别孩子的父母。琐碎，细微，迷惘，矛盾……总是那些，原来你用唱的，而现在用说。

我安静地听着，如同从前听你那么多次弹唱一样。我眼角染着黄昏的光。

第二次告别，火车站左转弯的第二条街。谁送谁，并不甚清楚。就是送送，顺便告别一段时光。这是最后一次，我遇见你，我们告别。像是春去秋来一样安然。你依旧背着那把木吉他，弹奏过太多岁月绵延。你说，我知道你此程要去南方，而我的车，不幸开往北方。然后你递给我一封信，说了再见和珍重。你走了。在黄昏背着吉他。

你转身，而你泪流满面。

某种角度下，你是胆怯的。那些刻下暧昧文字的手却不敢刻下承诺。我懂你的犹豫。你把感情都深藏在诗歌无尽的隐喻中。自欢自乐。磨碎他们，或是揉皱，你以为你就能够忘记你内心的航线。

其实你不能。

我有时会依赖靠着你，听你淋漓尽致唱出来的孤独。那是一种野性的，单纯的释放，来自本真的心，毫无掩饰。就像莎士比亚戏剧中的台词，热烈而明朗。爱恨都带着玫瑰的刺。你知不知道，到最后你连见到我的勇气都没有了。

整个人枯萎。

你可能想起童年时，你看见铁道工人搬轨的情形。你会害怕你做不了一生的抉择，你怕人生会失控地改道。负了别人，又赔上自己。有些狼狈。

于是到后来，你连歌都唱得颤抖起来。

可是，你始终未敢唱给我的那首歌，我现在听着。我一直听着。

> 想送给你的每一个束花，
> 想陪你的黄昏和沙滩，
> 随着时间枯萎，
> 梦醒了才后悔。

梦，一直都在后悔。

梦，在无数春光中走来。醒过来，就像是死去一样悲伤。你的肩带，背在你冬季的外套上，那勒痕就像是你永远被禁锢着的心。

你不懂得你自己，像是你不懂得真正的黄昏。你不懂得我，不懂得我看你的眼神中流露的遗憾，那些开始就注定的浅缘，是不能够自己说拼凑就拼凑得起来的。

你说我总是对未来有着出乎意料的预感。

我说没错。

否则，我为什么让我们的关系，淡得像是"君子之交"？还是，其实被禁锢的是我。将我们的缘分，推向不明的南辕北辙。推向了回不来的边缘。

我们都像是在与自我为敌，在作践可爱的自身。我们不知道因为什么，就渐渐失去了生活的能力。将自己封锁，锁进一个进不来，也出不去的圈套。

你转身，却再没转回。

记忆总是像梦一样，萦绕在半梦半醒的夜里。失眠的时候会想起，郊外。某一棵没有名字的树上，写着爱着一个人的故事。从那年到如今，字字未变——就让它子身去负荷时光的磅礴。

上车就是夜里，我提着我沉重的旅行包，塞满我琐碎的生活。

再次看了一眼凌晨的火车站，匆忙就躺上了卧铺。失眠，失眠。已经像呼吸一样随意了。

我就那么躺着，面向看不见的天空。耳边轨道车轮的摩擦在加快频率。

我无所事事，还是无聊地在想念你。我比寥落的夜空还在乎车轮的响动。敏感一触即发。这些夜晚我想过很多，我笑我自己终于把你也拉扯进无聊的故事之中。我微微后悔我对未来敏感的神经，像看见手机上微微发蓝的光就莫名想要掩盖起它。

我打开手机的屏显，照着你信的最后一行，"它，是碎的。"我安然地揉团起信笺，塞进旁边的垃圾袋中。我看信的习惯并没有因为你的出现而改变，那么，又怎样去印证那句：爱，会让人变得像附庸对方的奴隶。

但我又在依赖着你什么呢，会在这个载满别人梦乡的车厢失眠依旧。

你信中会说什么是破碎的，是你的心，还是时光？我又开始用信的最后一行开始编造下一个无聊的故事。从一摊破碎的玻璃开始吧，然后无聊的缘分就诞生了，某某和某某相遇，发现他们原来是童年的某某……

生活真是枯燥。

我努力编着，却总被一种熟悉的气息打断。

又忘记了女主角是长发还是短发，我一次次找回断断续续的故事。一句话牵连出来的故事，在黑夜还比较好构造。但是，总有一种什么感觉在拉扯着我逃脱。去追引着什么。

隔壁车厢有响动，我，熟悉的程序，拉链，木响，繁琐的来回，最后是流淌的弦音……"哗"地划下，我可以想象盯着琴弦的双眼，在琴声绽放开时，熟练地看向窗外。

我眉头深蹙。莫名地恐慌，心下有微微的颤抖。

那边飘来深夜的琴音，温柔的依旧，像是冬季里快要冰封的湖水，浅浅的怀旧。

琴音扣住夜的寂静，在遥远又咫尺之处浅浅地发声。

难道故事里的巧合，也是能够这么轻易就遇见的吗？我有些轻蔑地感叹。

琴的声音过于轻柔，简直快要让人想念起海边的浪花，窸窸窣窣的颤音，黄昏投射下抚慰寂寞的光芒，沙滩被温情点亮。海浪拍打潮湿的沙滩，黑色笔记的曲谱被海风掀起边角，另一半压着贝壳。

这般熟知，我有些耐不住地跑向隔壁的卧铺，没有穿上鞋，映着昏暗的地灯，摇晃着就冲去琴声源头。

声音停住了，于是空气凝固了两秒钟。我站定在夜半的列车中，觉得恍恍惚惚一切都像是虚幻。

你是说你的列车，不幸开往北方。

你是不会骗我的。

走回苍白的床铺，列车在波浪般地颠簸。可以温柔地摇醒年轻人无所不在的梦。

隔壁的琴声继续响了起来，粗犷沙哑的声音。打破了所有暧昧。有俗嗲的女声在叫好，可因为是夜里，他们也不敢太过大声。

你看，我说你是不会骗我的。

我插上耳机，反正是失眠的夜。你现在在做什么呢？颠簸的夜里，你会不会也掏出你的浅纹吉他，浅声低吟地唱着落寞。会不会也有人像我一般，安静地依偎着你，给你数着夜晚仿佛一射便落的繁星。

又是这首歌。

我浅浅地呼吸，把自己变成深夜的植物。

JJ 的吉他，也可以融化浓重的忧郁，再给我披上依赖。干净得，像你的眼眸。

《莎士比亚的天份》，你怎么就不敢唱给我听。承诺是始终拖累着你的沉重。有时，做个不负责任的人，就不会那么害怕着未来的变迁。此时即永生。

可你就是太善良了。

所以你的生命就会很局限吧。无法释放。

我又何尝不是将对未来的敏感与我的生活挂钩。我不敢承诺你，亦不去索取你的承诺。心下在乎，才做得出深入浅出，才能够让自己看起来若无其事。

你亦总在自责你给不了我的承诺。

歌曲在反复,夜色会渐然变白的。我在通往南方的列车上空手划着:

> 我没有莎士比亚的天份
> 写出我们的喜怒哀乐
> 但在这一刻
> 写了一个完结篇
> 失去了你

这次你的唱，换作我写。我悬空的手，写着回不来的南方，写着你。

你看，文字是一种承诺。

时光吻醒了我。

我，开始用文字承诺。

作者简介
FEIYANG

白云，巨蟹座女生，生于 90 年代，夹杂着摇滚和复古的情怀，黑夜里能够搅碎回忆。（获第十一届新概念作文大赛二等奖）

安夏  ◎文 / 刘文

　　十月第一场台风到来的时候，安夏正盘腿坐在床头吃从特卖场里买来的火龙果。因为熟过了头，所以味道反而变得寡淡，白色的果肉微微泛黄。

　　天文台挂起了黑色风球，宿舍里那个一个星期洗一次澡的同房被蓝色的宝马车接回了家，安夏终于可以用从旧货市场淘来的迷你音箱大声地放着野人花园的歌，然后轻轻扭动腰肢。

　　窗外不远的地方，树林中的阔叶乔木被连根拔起，接着轰然倒下。风呼啸着掠过窗台，把玻璃敲打得嘭嘭直响。

　　一道眩目的白光划破了苍穹，世界在一瞬间亮如白昼。

　　Hotmail 邮箱里有许多未读邮件。言辞热切的读者来信和编辑们一次一次的催稿。每到台风光临的季节，安夏就什么都不想做，她开着电脑，打开 word 文档，却觉得手指有千斤重，连一个完整的句子都写不出来，仿佛大脑深处那个负责写作的部分被人按下了停止键，所有的灵感都不翼而飞。她拼命告诉自己绝对不能给那些编辑惹麻烦，却只能机械地玩着连连看和纸牌游戏，偶尔去尖沙咀看人来人往的喧嚣和热闹。

目不暇接的高档轿车，她只认得奔驰和法拉利的标志；操着不同语言的游人们在星光大道同成龙的手印合影；天色一点一点暗下来，海对岸的霓虹灯渐次亮成了一条线，深沉的海水露出暧昧的微笑。

然后她打开关机了好几天的手机，决定对编辑说再延迟一周交稿，却发现许多条未读短信。署名是"卡布"。

记忆的尽头，也是一场台风。

卡布和她坐在同一个大澡盆里，在正好没到腰部的水中漂着。他们的母亲都在镇上工作，居委会的人一边抱怨着哪来这样不负责任的妈妈，一边带着他们往地势高一些的地方撤离。

斑驳的木质家具和玲琅满目的锅碗瓢盆在市面上飘荡，周围都是一家三口，手拉手趟水前行，热闹得如同亲子夏令营。

卡布主动问安夏："你叫什么名字啊？"

安夏抬头看卡布，他光着膀子，穿着一条脏兮兮的睡裤，套了一只大大的救生圈。细看的话，还能看到他嘴唇上方鼻涕的痕迹。

"我叫安夏，安宁的安，夏天的夏。"

那个时候，安夏还没有来到这个回归线以南的城市，她住在江南水乡的一个小镇上，长江从城市的东部缓缓流过，岸边有古旧的堤坝，最上面的一截是最近一次洪水留下的痕迹。夜夜都有船只在江上过夜，渔夫来到岸上的便利店买一些食品，船娘则在做饭时唱起调子很高的山歌。

小镇上种满了花树，每到花开的时间，空气中弥漫着茉莉的香味，这种洁白而具有侵略性的花朵让整个小镇都沐浴在春天的气息中。随之而来的，还有黄梅时节的雨，美好得让人对世界充满了期待。

镇上的人都认识彼此，所以他们也常常聚在一起，摇着芭蕉扇讨论安夏和卡布的家事。他们都是没有父亲的孩子，因为由母亲一个人拉扯长大，所以免不了染上了乖张的坏脾气。

　　而安夏和卡布，是彼此童年里的唯一玩伴。

　　那个时候的安夏，完全是假小子的模样。母亲从来不在她的面前提起爸爸，每天打三份零工也要供她学习钢琴，只因为学校里的音乐老师看着她指节修长的手说她如果学了钢琴，一定会很有成就。她每次站在门后看母亲在腰间的瘀青上涂气味浓烈的药膏，然后用酒精灯烤着。看着看着眼泪就在眼眶里打转，于是母亲就会告诉她，要坚强。

　　安夏知道自己要坚强，她总是比一般的人早熟。父亲在生命里的缺失让她如同无人照管的野草一般蓬勃生长。所以每次母亲亲自帮她剪出了比男生还短的参差不齐的游泳头时，她都默默地看着散落在地的黑发，一声不吭。她乖乖地套上母亲买来的黑色或者藏青色的过时的衬衫，将身体的每一寸皮肤都包裹得严严实实的，然后在穿着花枝招展的长裙的女孩中间，躬起背脊，竭力希望自己看起来显得小一些。

　　有一些话不能对母亲说，她习惯对着墙壁上父亲的照片喃喃自语。父亲目光的注视打开了她内心尘封已久的角落，她听那些在槐树下乘凉吃西瓜的老人们提起过，她有着和她父亲一样深邃的眼睛，琥珀色的瞳仁，她母亲当初就是被这双眼睛迷住，和这个云游到此的诗人发生了一夜情，而就算许多年后的现在，母亲仍然会趁她不注意反复擦拭那张照片。

　　她最近一次对父亲说的话，是她很想要百货商店里那个紫水晶蝴蝶的发卡。母亲最近实在太忙了，她的头发终于留长了一点，勉勉强强可以碰到眼睛。

　　有一天中午，卡布递给了她一个蓝色的盒子，她以为是卡布母亲做的梅花糕或者绿豆糕，打开去看到黑色的天鹅绒，上面赫然躺着一对紫水晶发卡，水晶切面反射出凛冽的光芒，丝绸一般。

　　他摸摸她的头，然后将手伸进她的发根处，揉乱她的头发。

　　她以为他会转身离开，却未曾料到他回过头来，从她手上拿过发卡，用手指将她的刘海理顺，然后小心翼翼地将发卡别在她一边的刘海上。

他的眼睛晶晶亮亮，脸上有微微的红晕，她以为他生病了，想要摸他的额头，却被他一把捧住脸颊，他的嘴唇碰到她的嘴唇，干裂的嘴唇，泛着白色的皮的嘴唇。

　　他很快跑开了，她愣了一下，慢慢蹲了下来，她以为亲吻之后就会生小孩。她觉得她一旦生了小孩，一定会被妈妈用竹笤帚追着打好久。

　　那是一个蜻蜓点水般的吻，混乱，匆忙，她似乎没有什么感觉，又觉得似乎一切都发生了细微而无法挽回的变化。

　　之后许多天，卡布见到她就掉头跑开，仿佛她身上有什么难闻的气味。

　　而她因为担心怀孕而终日失眠，却又无法说服自己去恨那个惹下大麻烦的卡布。

　　直到有一天放学经过卡布家的时候，正看到他被带上警车，她的母亲哭哭啼啼地追在警车后面，周围围着的老人们纷纷摇头，说这么年轻的孩子竟然就学会了偷东西，偷什么不好，还是去高档百货店里偷进口的首饰。

　　卡布再也没有出现，听说他的母亲花了一大笔钱解决了整件事，然后在一个寂寞的晚上带着他离开了这个小镇。

　　他们家的房子几经易主，在一次大规模的拆迁之后，变成了一所高档购物中心，里面售卖施华洛施奇的水晶首饰，每一个蓝色盒子上都印有一个天鹅的图案。

　　他离开之后，那个江南小镇再也没有台风来袭，时间在氤氲的雾气中渐次前行，扇着芭蕉扇喝着绿豆汤聊天的老人们纷纷离开了这个世界。

　　安夏上了高中之后，母亲开始允许她留头发，因为高中女生被人从女厕所赶出来实在是有些窘迫的事情。但是无论母亲给她买多少的发卡，她永远都不用，草草扎一把马尾，任由刘海遮挡视线。

　　而再过三年，安夏考取了香港的大学，然后在全镇人民放起的鞭炮声中，离开了这所江南小镇。

小镇里还从来没有人去过香港。

那是一个回归线以南的城市，冬天的时候女孩们依然可以骄傲地裸露出光洁的筷子一般笔直的小腿，衣服几个月不穿就会受潮发霉，但是只有台风才会带来摧枯拉朽般的降雨。

昂贵的 Godiva 巧克力被包裹在金箔纸里论颗出售，Prada 专卖店里可以为每个人量身定做独一无二的香水，女士们背着的 LV 红白蓝格子皮包乍一看仿佛老家不值钱的红白蓝编织袋，但是拉链和针脚处处都凸现出优雅和尊贵。

一夜情也可以明码标价出售，低档的摆放在旺角幽暗暧昧的小店里，高档的则隐藏在兰桂坊的万宝路和芝华士中。

日进千万的金融界大鳄，因为买了雷曼兄弟债券而一无所有的老人，白道，黑道，文明，犯罪，所有的东西都在流水线上批量生产，令人熟视无睹。

爱，伤痛，幻灭，抚慰，长久地存在心中，让安夏感觉到与这个世界的强大的隔阂。

而就是在那个时候，她再一次看到了卡布。

那是春节的时候，因为省钱没有回家过年，她挤在熙熙攘攘的人群中，到处看着热闹。

因为金融危机，商家请不起高档的明星，只是请来了一个不知名的摇滚乐队助兴，她透过前面两个肥硕男人的缝隙，勉勉强强看到了鼓手的侧脸。

冷峻的轮廓，坚挺的鼻梁，鼻翼有一颗闪闪发亮的钻石，黑色衬衫上有许多的破洞，腰间挂着金属链子。

他挥动鼓槌在架子鼓上敲击出亢奋的节奏，前排的人不由自主地扭动身躯，唯一的缝隙不见了，她站在外圈，掂起脚尖，怅然若失。

她甚至都未看到他的正脸，所有的一切都物是人非，但是她知道他是卡布，并不是借由外界的信息得知，那种强烈的感觉，从心脏最深处漫溢出来，逐渐剥夺了她呼吸的权利。

　　晚上，她拨通了许久未联系的母亲的电话，在听母亲唠叨了一大段家常之后，将话题小心翼翼地绕道卡布身上。

　　母亲提起那个小小年纪就犯下盗窃罪的男生，出乎意料没有使用鄙夷的语气。母亲告诉她，卡布因为有前科，所以根本上不了好的大学，最后跟着外地来的乐团走了，而知道这些，都是因为卡布的母亲日前去世，他按照母亲的意愿回到小镇埋葬母亲的骨灰。

　　"哦对了，他还问我要了你的手机，说最近要去香港演出，想见见你。"母亲的声音里怀着无限的关爱，这体现在她开始叫她的小名，"夏夏，如果他来找你，你就劝劝他，音乐这东西总归不能当饭吃，还是有一个稳定的工作比较好。"

　　安夏将手机放在书桌上，任由母亲在电话那头唠唠叨叨，她想起那个慌乱而缺乏技巧的吻，以及当初的诚惶诚恐。和最后那个连告别都没有的结局。

　　安夏最终没有收到卡布的电话，他只是发来短信要了她的 MSN。他说，一定要以一个完美的成功人士的姿态来见安夏。

　　"只有这样，才配得上你。"

　　但是安夏很快就忘记了这个约定，因为她坠入了爱河。

　　Andy 是会计系新来的讲师，二十五岁，刚刚从英国剑桥读完硕士归国，五官不是很出众，却生得颀长而挺拔，穿有着精致暗纹的白色衬衫，举手投足间有英国绅士的优雅和从容。他似乎天生就拥有各种天赋，运动和音乐样样在行，从未做过的事也可以一次尝试就成功，而最迷人的是他的声音，独特的沙哑和浑厚，却又蕴含着奇异的亲和力，只要他一张口，风的感触就变得含情脉脉，香樟树的叶子就变得青翠迷人，光线失去了棱角，变得和蔼可亲。

安夏不能免俗地喜欢上了他。

那个时候的安夏已经签约了知名杂志，她在日记中写下对 Andy 的迷恋，然后在主编的鼓励下，开了一个关于暗恋的专栏。她不断收到粉丝的来信，他们言语中是热切的欢喜，说在她的文字中找到了自己。

她在文字中构筑对他的幻想，编织谎言，慢慢竟分不出哪些是真实哪些是幻觉。而就在她深陷其中无法自拔时，她看到 Andy 站在她的宿舍楼下，手里拿着一本刊登有她文章的杂志。

"你喜欢我。"他目光灼灼地看着她。

她看到自己那些少女的心思被洞穿，她一把抢过那本杂志，夺路而逃，却被人从后面抱住，然后就感觉到有温润潮湿的东西贴住了她的嘴唇。

安夏觉得，那才是她的初吻，缠绵悱恻，带着空气里木棉的清香。他的吻技很好，舌头的每一块肌肉和软骨都灵活地如同一尾鲟鱼。

他最后依依不舍地离开了她的嘴唇，他对她说："安夏，我喜欢你很久了。"

那声音，如同天籁。

安夏还是会间或收到卡布的短信和邮件。他有时候把自己新写的曲子给她看，有时候提醒她降温了要多穿衣服，有时候给她发来自制的电子贺卡。她总是匆匆扫过，然后按下 Delete，Andy 已经充斥了她生命的每个罅隙，她觉得自己不能再和别人的男人有任何瓜葛。她要成为他的安夏。

他们在商店里买情侣外套，安夏的是白色，他的是黑色。他给她买 Chanel 彩妆，将她的睫毛画得扑扇扑扇的宛若蝴蝶。他牵着她的手去坐过山车和跳楼机，然后教会她品尝红酒的优劣，和姿势优雅地切割尚带血丝的菲利牛排。

他周末会将她带回在赤柱的公寓，而每个早晨她醒来，她总是看到他赤身靠在大落地窗前，手指间的七星冒出缕缕青烟，背影孤寂而肃穆，面容隐匿在窗帘的暗影里，仿佛神话里孤独的美少年。

她想起和他在一起的每分每秒，无论他要她做什么，她都觉得满心欢喜，但是，却总是有什么地方不对，一个细微的差异。

他是那么擅长讨女生欢心的男子，会主动帮她提包，会在就餐时帮她铺好餐巾，会在她考试拿到高分后带一瓶红酒来庆祝。在校园里遇见他时，他会从女生花痴目光的包围中走过来，拍拍她的头，亲吻时，他将鼻尖埋在她锁骨的小坑里，身上有 KENZO 香氛的味道，海洋一般的味道，仿佛澎湃得潮起潮落。

只有在每次亲热后，他才会流露出转瞬即逝的忧伤来，仿佛深陷于某种无法言说的痛苦而不可自拔，他避开不看她的眼睛，拽着她的右手微微发凉，而她每次提出带他回家见母亲，他总是以巧妙的借口推托掉。

安夏努力让自己不去注意那些细节，但是多年的撰稿生涯已经将她的直觉训练地异常敏锐，她能感觉到一颗定时炸弹，在她最甜蜜的时候虎视眈眈，她却无法让自己离开他，也无法停止每天多爱他一点。只能心甘情愿将自己埋葬。

她默默地握紧外套口袋里那个硬硬的东西。那是卡布送她的二十岁生日礼物，一个施华洛施奇的紫水晶蝴蝶，她去专卖店里看过，是所有水晶里最便宜的一款，只有她脖子上钻石项链的十分之一价钱，但是她想起他在信里说，那是他的一首曲子获得了一个不知名的排行榜的第一名的奖金，他说，等他攒到了足够的钱，他就来娶她回家。

她想，许多年前，他亲吻她的时候，应该就爱上她了吧。那个时候，她曾经一度那么依赖他的关怀和爱，但是在时光的洪流中，一切都物是人非。虽然那些童年的片段在她之后的生命里夜夜闪现，她却已经没有能力再多爱一个人。

她想起母亲和流浪诗人的故事，但是在香港这样一个高度发达的资本主义社会，她又该如何去回应卡布的爱。她想拒绝，却每一次都无法下定决心。

她赤足跳下床，落地窗外，是蒸腾着雾气的大海，大海上的波光明明灭灭，仿佛世界睁开了第三只眼。

潮湿的冷风从窗缝里灌进来，她浑身都起了鸡皮疙瘩，而温暖的屋里，她的男人正以一种婴儿的姿态蜷缩着熟睡，他睡觉的时候，英挺好看的眉毛皱成一团。

她在玻璃窗上哈了口气，反复写着 Andy 的名字，她也不知道自己爱他什么，更不知道她爱自己什么，思绪仿佛飞驰的列车，连窗外的站台名都没有看清，便一气儿驶向了荒凉的未知地。而等她发觉时，才反应过来自己不知何时已经开始写"卡布"这两个字。

她觉得自己有必要和卡布说清楚了，他的每一个温存而充满关爱的短信和邮件，总是让她心烦意乱。

可是还未等到她和卡布摊牌，安夏已经成为了单身女子，或者说，失恋过一次的单身女子。

他的旧情人出现，她立刻就输得一败涂地。而他则仿佛最粗制滥造的电视剧里那般对她说："对不起，我伤害了你这么久，我以为可以忘记他的，但是还是不行。"

唯一滑稽的，是她的情敌，竟然是一个眉目清秀、眼圈涂满黑色颜料的男人。

她来拿忘记带走的课本，却看到他们两个，看到他的脸上露出从未出现过的欢愉表情，忧伤和阴霾不翼而飞，一切都走上了正轨，流畅自然。

她没有要他为了补偿自己而开的支票，她想起他每次亲热过后的痛苦神情，和就算在睡梦中都会皱起的眉头，明白他其实是最可怜的那一个，命运的受害者。

她依然记着他每一次灼灼的眼神，深入骨髓，仿佛变成了她灵魂的一部分。

离开赤柱的公寓，因为没有他的接送，山路变得十分漫长。一路上遇到许多教堂，顶端的十字架，安宁空灵的圣歌，红色格子窗里露出人类温暖安和的笑脸。

她收到一位裹着头巾的嬷嬷派发的传单，上面印着《哥林多前书》上的句子："爱是永不止息。"

嬷嬷邀请她一起参与祷告，管风琴奏出最高音的时候，一大群白色羽毛的鸽子从头顶扑啦啦飞过。

她收到卡布的短信，卡布说他们的乐队接到了三场演出的活，很快就能攒到来香港看她的钱。

她想起那个亲吻她侧脸的害羞而笨拙的男子，想起他多少年来为她保留的一副昭然若揭的怀抱。

一切宛若台风过境，在分崩离析后，走上正轨。

她想起她和卡布第一次见面的情形。

"我叫安夏，安宁的安，夏天的夏。"

她没有答应做卡布的女朋友，她还等着他攒够足够的钱来娶她回家。

她知道他辅导别人打架子鼓，知道他的乐队获得了去欧洲交流的机会，知道他写的曲子得到了编曲的赏识，下个月就可以去录音棚试音。

他在夏天来了一次香港，挽着她的胳膊去西贡看海；和她分吃一个哈根达斯的冰淇淋；在酒吧里握住她的手带她跳一曲探戈。

他已经成为了优雅的少年，只是吻技依然很烂。

而在无数个潮湿的台风夜，她看着桌面上两个人的合影，抱着他送给她的熊，喝着他给她寄来的家乡的酸梅汤。她写的东西慢慢变成了温暖的爱情故事，粉丝们给她写信，出版商让她考虑出一本个人文集。

气象台发布了降温预报，这个冗长的夏天，终于是要过完了。

作者简介
FEIYANG

　　刘文，笔名紫紫潇湘，80 年代末生于江南水乡，典型的天蝎座女生。独自旅游，习惯过不断迁徙的生活。酷爱阅读，因为心里强大的倾诉欲望而坚持写作，无论前途如何，都会一直走下去。作品散见于各类文集和杂志。（获第十一届新概念作文大赛二等奖）

第 2 章

唱游

即使行者的脚步离开，旅途却永远未曾结束

澳门行记  ◎文/晏宇

一

在澳门游历，第一印象便是：陈年。

老城仿佛依旧迷失在一个旧时代的背影里，使人想起一个被人遗忘的酒窖，从地底重见天日之后却忘了品尝，于是便任其留在夕阳当中慢慢发酵，悄然溢出些中西混合之味。那里面所有酒的标签，大概都应该被贴为"Macao"吧……

走在道路上，发现这里岁月历经风化却并未湮埋。街头巷尾，随处可见昔日的风姿绰约。传统的民居旧式的檐角，从中冷不防钻出一盏欧式吊灯，轻而易举地将人带离脚下的一方土地，进入历史与文化的时空。在这儿不同的文明竟然融合得如此天衣无缝，似乎预示着澳门正是这样一个古老和现代交织互融，历史与回忆纠缠不清的神奇地带。

狭窄街区，逼仄老巷，古摊旧铺。楼阁与院墙，点染着沧桑陈迹，角落布满生活变迁的印痕。只有街角的观音庙里仍然香火缭绕，在那儿时光仿佛从来都存在，未曾溜走。

以往澳门虽然邻近，但我对它风土人情却并没有深入了解。长久以来，它仿佛一直都伫立在香港那望不到边的楼群投下的阴影里。直到两年前，学校举办的一届

澳门文化局展览，我在展位上得到过一本印刷别致的小册子（由此可见澳门政府对旅游的宣传和推广力度），上面有景点介绍和一些摄制得极其精美的照片。我第一次发现澳门的天空竟是如此蔚蓝，蓝得几乎严丝合缝。那时澳门第一次令我神往。

但即使有了这本书，澳门在我的记忆中也只停留在一些浮光掠影的表象上，除了知道是和香港一样的殖民地，对赌博、电影黑帮的传闻耳熟能详之外，印象最深的反而是那沧海莲花的区徽，以及《七子之歌》低吟浅唱的主角。想象中，那应该是一个极具现代化的都市，虽然不及香港盛名在外，但也该有着拉斯维加斯式的激情豪迈。然而，当走在这儿的街道上，发现过往的那些想象全都如同天空的云彩，消散在那蓝得令人眩晕的天空下，城市如同午后三点的阳光，缓缓地沉落下来，将我从头到脚地覆盖。

街道都是窄长的，在房屋与房屋的夹缝之中，伸出一条余味经年的小道，车辆不紧不慢地驶过去，叮叮当当地来往穿行。路上往往只有三五行人。行走在这样的街巷之中往往给人一种少见的闲适和惬意。因为是山城，道路盘盘曲曲，高低起伏。空气中具有一种年深日远而又亲切贴近的气息，脚步不知不觉就放慢下来。最初经过的一些地区，那儿的建筑、车辆与店铺招牌都具有浓厚的东南亚色彩。假如你曾见过一间老广东的凉茶店，或者海鲜干货的铺子，门上悬着地道的金字号招牌。门前坐有一两个老太婆，悠然地摇着蒲扇，互相闲聊些家长里短，大概就能明白我的感受。然而，这里的空气又使人感受出一种奇特。街边巴士站牌上，用繁体字一丝不苟写着的站名，全都为外文的音译。街头往来的"的士"，大多是黑底白身，远远望去神气活现。假如没有车身印着的那些五彩广告，简直就能到好莱坞的电影里友情出演警车，况且比真正的警车还要引人注目。

二

旅途的缘起似乎在某一天深夜，好友 Susan 在 QQ 上突然问我有没有空去澳门。她说拿到了两张澳门文化节的票，上演"四维"莎士比亚戏剧《暴风雨》。一想到看戏之余还能在这座中外驰名的旅游胜地流连一番，我便毫不犹豫地答应了。然后就是满腔兴致地筹备，上网搜索地图，查询地点，打听旅馆。尔后没多久，我们就在街角的某间 Pizza 店里和 Susan 的两个朋友 Karen 和 Theorn 会齐。Theron 是香港人，Karen 曾在澳门读过书，那儿的衣食住行都难不倒她。我们在饭桌上就地拟好行程大纲。再往后半个多月，总担心中途有什么突发变故。然而旅行的准备还是有条不紊地进行着。直到 24 号清晨 6 点起身，搭上了前往珠海的巴士。因为前两天做兼职连续早起，导致精神不足一路上都东昏西沉。恍惚中不知过了多久，车停下到了拱北，我们尾随浩浩荡荡的人流过了关。当清醒过来，人已经站在了另一片不同的土地上。

从时间来说仍属于早晨，然而气温却已经开始炎热。出关之后，四人叫了辆出租车先直奔旅馆。旅馆是预先订好的，坐落在望厦山上。当车沿着陡峭的坡道一路盘旋而上，斜坡弯上去依然是斜坡，眼前偶然掠过附近的炮台遗址。Karen 过去的学校就在附近，于是我们都惊叹当年她上学时每日竟然要在这样重重叠叠的陡坡上来回往返。

由于澳门酒店昂贵，为了把花费降到最低，我与 Susan 两人合住一间单人房，以这样来分摊旅费。原本下定决心抱着忍受出外旅行可以想象到的一切不便的准备来此宿夜，没想到旅馆却出乎意料的美轮美奂，精雅得简直令人受宠若惊。进门之后，单人房里摆放着一张古色古香双人大床，床背整整齐齐地靠放着两个红色的枕头。看来之前有无数与我们英雄所见略同的背包客早已来此地切身实践过，所以宾馆也聪明地接纳了这种做法，把传统的"单人房"概念不落痕迹地转换为"双人的单人房"，于是彼此心照不宣地将其作为惯例。

宾馆的名字对任何一个学过历史的人都会有一种柳暗花明的感觉。这里叫做"望厦宾馆"，乍一听似乎很久以前听过类似的名称，然后才想起以前中学历史课本中美曾经签订过"望厦条约"。条约自然是不平等的，可时过境迁之后带来的更多是好奇。Karen 告诉我们，那个条约就是我们来路上看见的一座观音庙里签订的，这更有巧遇的感觉。

　　旅馆那如同中西结合艺术品一般的格调，本身也像这座城市既混合而又交融的文化缩影。它的内部结构犹如一盏镶嵌着彩色玻璃的提灯，玲珑而又精巧。不起眼的细节之处也装饰得别致而饶有意趣。东方与西方，形态的和材质都仿佛浑然天成融为一炉。虽然格局小巧确却格外令人惊艳。

　　门外是西式的遮阳篷，踏上几级台阶便看见一扇涡漩纹的雕花铁门，镶嵌着香槟色的玻璃。木色的地板搭配老式青花瓷，蜡烛形的枝形吊灯下却悬挂清装仕女布贴画。卧房内窗帘垂下红格子布窗帘，床却是传统旧式大床，檀木色的床背高高立起，雕镂着虬枝梅花。洗手间里用柚木色的马桶，旁边盛放洗涤液的瓶瓶罐罐却仍旧保留着明清式样。院子当中有一眼喷泉，汩汩冒突着水流，走下通往客房的回廊，看见一侧的墙壁上装饰着白底青墨色的瓷砖画，上面画着海船、西洋盾牌与龙纹的图样。

　　酒店进门的右手侧还有一个吧台，上面放着一台 CD 机，内间的墙壁上挂有各种水彩葡萄板画。吧台旁边有一张似乎直接从古董店里搬来的书报桌，桌上遍布的彩色地图、旅游简介和杂志都可以免费拿走。（在出关口也有类似的资料任人取阅，看到这里，也不得不感叹澳门旅游服务实在无微不至，那些可都是不惜工本全彩细印的。）

三

　　午间跟着一帮美食爱好者出行，首次品尝到了传说中的澳门菜。因为同去的都是阅历丰富，口味刁钻的"食客"，我只需屁颠屁颠地跟在后面就不必为口福而操心。虽然没敢贸然询问，不过从挑选餐馆时的轻车熟路，到点菜胸有成竹，再加上品评时如数家珍的一番比较推荐来看，我怀疑 Karen 学生时代肯定多修了一门功课，就是把全澳门凡是小有名气的餐厅都一家不漏地光顾了一遍。

这样的导游简直千金难遇，夫复何求，你认为呢？

午餐的时候 Karen 向我们介绍了她在当地的同学，下午便由她带我们参观著名的"东方威尼斯人"酒店。

在澳门的街巷里弄穿行，总感到时光的步伐渐渐放缓，缓缓地仿佛不愿惊动那些老巷残院的陈年旧梦。但唯一例外就是赌场，赌场里交织的人山人海，四周回荡的嘈杂喧嚣总令人感到世界仿佛永远在日新月异、争分夺秒。澳门的赌场也多是一些豪气干云、璀璨富丽的场所，多数为城中最引人注目的建筑。譬如著名的 MGM，雄踞一方，金色的外表形状如同三尊交错巨型骨牌，也算是直奔主题而去。而新葡京酒店又是另一番风味，那似火焰又像凤梨的特异外形，似乎是无论到哪儿行车走路都能看见的风景。赌场抑或酒店，在澳门这两个概念通常是密不可分的。我们要去的"东方威尼斯人"在这当中最是极具特色。

四

"酒店"给人的感觉犹如一座梦幻的"城中之城"，上层仿佛取自异国他乡威尼斯恢宏的幻影，下层则是它蜿蜒的河流与两岸沉睡的梦境，只可惜比起真正的水城，毕竟多了几分斧凿痕迹。然而即使这样也有它独特的趣味。我们由西侧大门进入酒店内部，因为传说由这个方向进赌运最好，所以几乎大部分人都舍弃正入口奔"旁门左道"来了。门外排列着络绎不绝的免费穿梭巴士。建筑主体异常庞大，拿相机的我无论从哪个角度拍，取景框里也装不了它的四分之一，无奈之下只有拍细节。侧翼的塔楼，中部的回廊，人迹稀少的正门顶端镶嵌着古罗马的雕塑人像。恢宏的建筑通身覆盖着镂空的花纹，外墙排列着草花似的图案，顶上还镶着造型美观的大钟。

穿过如同树阴交错相连的入口，门廊边立有一尊塑像，为希腊罗马的牧人打扮。因我对赌博的传说知之甚少，不知是何方神灵，总之不是赌神便是财神。入口进去便来到了长廊大庭。世间有着那么多种类的豪华，然而我却从来未曾见过的场面：大厅展目望去一眼不到尽头，笼罩着金碧辉煌：天顶上垂下无数巨大枝形吊灯，洁白宛如象牙，灯光如同无数金丝从其中穿过，轻盈而并不显得繁拥。它们的存在只突显了四周的庞然与空旷。你身不由己地让自己脚步慢下来，款款走过那松软厚实的地毯，享受脚下的触觉。无数灯火映照下，地上几乎看不到影子，到处是一派的纸醉金迷。那精品店的橱窗和玻璃耸立在各处，又使得这种浓郁金灿带上透明感，仿若空气中的一切都在熠熠生辉。

　　长廊到了尽头，便来到一座更加宏大的厅堂，宽敞明亮而仿佛无边无际。金色的厅堂里密集而又秩序井然地摆满牌桌，沿墙还有成列老虎机。这是我第一次见到赌场，也因为孤陋寡闻，没见过如此大规模的赌场。在这里可称得上人山人海，赌桌之间几乎看不到空隙。从衣着神色来看，三教九流无所不有。刚想偷拍几张天花板上的壁画（可惜是喷印），立刻有衣冠楚楚的侍者过来用英语提醒我们这里不允许拍照。这可以理解，即使在澳门这样赌博可以公开的场所，赌场多半还是带点隐私性的，万一不小心拍了不该拍的……惊动了什么黑白两道之类（当然是玩笑，据我看的电影里，真正"高人"们多半不在这里出没，多半私聚在密室里关起门来聚赌），后果难料……

　　离开赌场大厅，又是长廊浮华一望无尽。我们没有请导游，而是随着人流来到了酒店中央。抬头望去，缓缓映入眼帘的是层层耸入的天顶穹隆。在穹顶的正下方，厅堂中央伫立着一个精致得耀眼的星体仪，通体黄金色泽，基座雕成人鱼的形状。它复古神奇的外形和夺目的色泽，引得人们纷纷停驻留影。

　　走得久了，这幢建筑给我的最深印象并不是它的富丽堂皇，而是它的雄奇与别致。许多角落或许照搬了那数百年前设计师的用心？我觉得，对于一座建筑而言，当中所呈现出的匠心独运与别致创意远远比那千篇一律的豪奢更能令它流芳百世。在一座大厅当中，枝形吊灯上方贴顶的马赛克，镶嵌成宛如中世纪的图案。另一处厅堂的立柱上镶嵌了一座粗犷的雕像，面容宛如古希腊酒神节戏剧面具，口中喷泉汩汩涌出。然而，来到这里的人，久而久之仍然注意到一个独特的地方，那就是建筑四面高处，围绕着主厅堂，整齐地镶嵌着圆形的镜子，使这儿的天空拥有了无形的纵深感。高高地望去，竟然有恍惚迷失的感觉，只觉得有无穷的空间缭绕在头顶，却不知何处是通往底端尽头的路。

更令得我们印象深刻的是，尽管四周到处一片眩目的金色，然而却无世间荣华时常在内心产生的抗拒感。这儿的灯光和色彩轻盈得如同空气一般。墙壁和天顶的装饰图案都是用着明亮清淡的色泽，例如粉红、浅绿和天蓝。Susan 他们都是学美术出身，一致认为这种浅色的运用与庞大的殿堂相结合，可以消除掉同类建筑常见那种压抑。因此这里虽然一派灿烂辉煌，华丽中却带有无比的柔和与亲切。尽管这座建筑只不过是真实威尼斯的一道幻影。由此想起文艺复兴，想起真正的威尼斯，该是何等浮华迷醉，却又超越了世间寻常的富丽而最终永恒定格为艺术。

五

一路走来，随处都可以见到灯光璀璨之中林立的店铺，其中有很多世界首屈一指的名店。于是我们便开始笑谈赌场与奢侈品店永远是紧邻，难道方便消费洗钱？有许多店名只是听过，有的从没鼓起过勇气踏进去，有些只在照片上见过真货，然而现在都一目俱全了。其中尤其是 Tiffany，大名如雷贯耳，赝品仿得天下皆知。我却这才第一次见到真店。想起赫本演过的那部影片，于是壮起胆子闯了进去，感到自己很像是去抢银行。店里服务果然如同赫本电影里的一样细致周到，虽然明知我们这伙十有八九是"舔橱窗"的（法语里称光看不买），但训练有素的店员不会像某些店里一样露骨地将你上三路下三路地打量后再抛个鄙视眼神，人家扫视一眼就明白你是什么人却仍然（至少表面上）彬彬有礼。再看那些真品，不由得感叹，奢侈品的特质就是将白银当作白金来卖。当然，出于对其服务的好感，心想一辈子若有机会，至少惠顾一次吧。其实即使是大部分美国人，一生中在这里买的唯一东西也就是那个大家都知道干什么用的钻戒了。

跟着人群闲逛，不知怎么就来到了酒店正门，由于前面说过的原因，这里虽然建造得气派雄伟，美轮美奂，却少有人问津。门外广袤的蓝天映衬着雕花的玫瑰红外壁，孤单的尖顶塔楼，以及罗马广场式门廊，顶上站着一个持矛的拉丁武士。四周人迹罕至，只是门廊附近有一对新人特意穿着礼服在这里拍照，旁边围绕着他们的亲友，才为这里的寂静增添了生气。百忙之中乘乱糊里糊涂地照了一通之后，我们便跟着其他人下行，去体验另一种更加纯粹的威尼斯印象。

酒店地下有一条小河，正是仿照了欧洲水城中千古绝唱的河流。沿河建起小镇，小桥流水，总是令人蓦然地想起叹息桥，想到远隔千里之外，这座仿桥的原型曾经出现在拜伦的诗行之中。河上有船夫唱歌，撑着"刚朵拉"形状的船只往来，也是仿照威尼斯古城风俗而呈现的景观。蔚蓝的人造天幕下，到处都仿佛是陷落在傍晚里的灯火。天空看上去不太真实，映衬着路灯光，却也显出几分悠扬的美感。街上有人扮成小丑，拉着小提琴，在人群中穿梭。乐声悠扬，听着几乎要掉下泪来。

城镇底下各处也都是些橱窗与商店。我和 Susan 去过一间面具收藏店，里面是五光十色的化妆舞会专用面具，手工精制，价格不菲，禁止摄影。这种面具只遮住双眼，半露出面容，为昔日舞会上出现的陌生人遮掩着神秘，想起当年在那熏风美酒琴声处处闻的夜里，若不是有化妆舞会这一习俗，罗密欧能够接近仇家的朱丽叶才是奇迹。那些面具也是行行色色的：华丽的天堂鸟，凶恶的鬼怪，还有戏谑人生、内心隐藏忧伤的丑角，便又是典型文艺复兴的风味了。（可惜价格不菲，可惜不能摄影。）

既然想到了威尼斯，想到罗密欧与朱丽叶，那就自然而然联想到莎士比亚。暗自思忖，许多年前英国老百姓心中意大利必定是个充满了浪漫与传奇的地方，否则莎士比亚的众多戏剧不会频繁地将这个地方作为舞台。想起晚间即将上演的那部莎士比亚戏剧《暴风雨》，背景也恰好发生在意大利。

六

傍晚时分，从酒店出来，太阳已经西斜。黄昏时的城市令人格外驻足良久，看着夕阳的阴影从残落中沉下去，心头总是升起莫名的惆怅。我们在繁华的闹市附近徘徊，从山顶的古老教堂，再到山下的陈年旧巷，再漫步到路旁的庙宇和酒庄。沿街看见三五成群溜滑板的小孩，肤色杂处，相互间用英文呼朋引伴，从我们身旁飞速疾驰过去，于是再度真切感受到这座城市混血的背景，还有那隐藏其后漫长的时光。

同行的 Karen 和 Theorn 介绍我们去一家小有名气的葡萄酒专卖店，于是陪同着走马观花了一遭。平素一贯不甚讲究吃喝，所以身边的朋友虽然大多是美食爱好者，可我夹在他们之中却俨然像个特例，时常对于周围人推荐的一些特别需要细品的美味无动于衷，吃下口中也尝不出个所以然来，自觉白白暴殄了天物，所以只有陪他们欣赏标签的份，不过看到最后也不禁怦然心动，指望到超市里寻找葡国产的葡萄酒带一两瓶回去作为特产。

真正让我感兴趣的，也作为这次游览的主题，便是晚上就要开演的戏。

用过晚饭，坐车回到海的另一端，途中经过海上大桥的时候，漫天堆积着粉红色与暗蓝色的层云，夜色中波涛滚滚，对岸则是一片灯火辉煌。风从窗口灌进来，绵绵的仿佛吹动了内心，心灵深处仿佛产生了错觉，觉得自己是在夜里误闯了很久以前的时代，觉得那灯光像酒一般荡漾着，夜色熏人。水面偶有露出星星点点的小洲，布满了树丛，淹没在波涛里。我们将要去往的那片街道和城市，都是建在填海造出的陆地上。

<h1 style="text-align:center">七</h1>

　　剧目在澳门文化中心上演。看戏之前我早在课业上读过了剧本，预先知道情节。据文化中心的宣传单上称，这是一幕"四维"戏剧，于是这便令我感到好奇，不住地想象传说中的"四维"演绎方式该是一种怎样的情形。

　　想到这里，却又觉得不能不重温一下《暴风雨》，那是莎士比亚传奇剧中的名篇，其中同时具有阴谋、背叛与宽恕，有王子公主精灵法师巫婆，有爱情，有魔幻神话和传说，还有大量的运用魔法场面（估计就是那所谓的"四维"卖点）。至于语言自不必说，即使译成中文也感到如诗入画，悠扬婉转。所记得最知名的一句便是：

　　"他的一切并没有消逝，只是经历了海的变幻，已变得丰富而神奇。"

　　这是英国诗人雪莱乘船出海遇风暴溺水之后，妻子和朋友为其拟的墓志铭。这些掌故，学文学史的也都耳熟能详了。只是突然想来，在那个故事里，暴风雨、离群傲世，生命、友谊与爱情这些元素竟然惊人地暗合。

　　戏终于开演了，幕布徐徐拉开时也许是最激动人心的一刻。观众眼前呈现出海边洞窟的礁岸，紧接着便看见演员。首先是《暴风雨》中主角，废黜公爵。演员气势也相当足，将一位昔日公爵的骄傲与尊严，悲愤与哀叹诠释得入木三分。传闻的舞台上的"四维"特效也终于露出其庐山真面目，原来就是动态的全息幻影，用来刻画虚拟的角色。戏中登场的角色大概有十多个人，而真正的演员不过四个，其余全是用虚拟的人形的方式来展现。

　　我们还有许多观众无不正襟危坐，准备用心领略这传说中的英语盛宴，不料演员张嘴后耳朵里听到的竟然是法语，不免有点失望。原来我们忽略了这次演出的剧团来自加拿大，而且不偏不倚就出自法语的省份。正暗自失落的时候，抬头望见舞台中央上方有一个屏幕，同时打出英文与葡文字幕。两侧墙边则用投影的方式给出了中文字幕。可惜翻译极其糟糕，诗词意境全无！然而又不得不看他家的。众所周知，莎翁笔下的角色酷爱发表长篇宏论，所以大段大段的字幕下来，能够把中文看完已经很是勉强，舞台上演什么那更是基本不知道了……

　　然而我还是很郁闷演女主角的演员。米兰德公主堪称莎士比亚笔下最温柔的女主角，虽然一向厌恶故作温柔的女生，但对米兰德这类天真又天成的温柔是没抵抗力的，因此看原著的时候对那腼腆而体贴的形象，印象尤为亲切。可是在这里，舞台上演公主的演员开头让我以为是个男人！以前曾看过英国经典莎士比亚剧，都是仿照莎士比亚时代的真实情形，男扮女装。后来仔细端详，便觉得她勉强还像是个女子，然而身材壮硕，动作极其粗犷有力，成天拎个裙子满舞台撒跑，看得我差点喘不过气，心想倘若真正的那不勒斯王子从海难中苏醒，第一眼望去便是这样的女子，估计就给当场吓得气绝身亡，后戏也不用再演了。因为男女主角的情态作风反差过于悬殊，于是连带对王子也全无印象。原著里就是个看到美女就可以忘记人间疾苦，第二眼便能放言求婚的角色，那才真是典型的"王子"。

　　这出戏中最能考验演技的地方就是，演精灵的和演侏儒的居然是同一个人！感到几乎是超出想象的重叠，而且更令人无法设想的是应该转换演员的身高，事实上也的确没有做好，因此很多人都没看出来，而把两者当成同一个角色了。因为我是剧透过的，后来终于帮助身边的人弄明白了这一点，却并没减少内心的失落。看来看去都只有一个感受，就是整出戏当中主演米兰前王角色的演员最好。开头痛陈家史的时候，虽说滔滔不绝的是用法语，看着也让人心痛落泪。可惜，假如王子与公主的演员也有这等功底便好。

　　散场后走出戏院时，听见身边人们在交流，大多数用着英文。当中还有少数听得懂法语，纷纷眉飞色舞地说这部戏是如何如何精彩。而那些看懂了英文字幕的观众也都兴致盎然。唯独看着经过糟蹋了的中文，英文水准又够不上读那原著的我等，出去时都挂着不明就里一头雾水的表情。这一刻，我才打心底觉得内地翻译莎士比亚的朱生豪先生果然堪称大师，文采昭然，功德无量，而只有在对比中才能愈加发现这一切！

八

尽管受到这小小的打击，路上大家仍然意犹未尽，于是中途跑去别处品味了一顿夜宵，又到超市各买了一瓶葡国红酒。回到旅馆，就坐在厅堂里对饮，一边相互聊天，交换感受。那晚我在朋友的帮助下，终于对品酒有了一点概念，可是买到的酒却经不起品评。一支支喝下去只能尝出涩味，或者是比较品评谁比谁更涩或稍微不涩的问题。接近午夜，就快喝得天荒地老的我们终于回房去为第二天做准备。房里供应旅客的东西一应俱全，我和Susan胡乱梳洗一番，吹干了头发，倒头就睡着了。

隔日约定11点见面，结果我们8点就从枕头上苏醒，拉开窗帘，阳光早已微微刺眼。虽然在家中经常懒觉睡得不辨天日，可是旅途中怎能浪费大好时光？出到外面时，尤其觉得每一刻都弥足珍贵。于是挣扎着起身，快到9点钟的时候终于把行李都收拾好，因为中午就要交房，却已经误了早餐时间。幸好宾馆还有一项独特服务就是每个房间送一只自烤的曲奇饼，于是不辨滋味，一股脑儿都填进了肚子，终于感到有了一丝元气。然而另两位还没有动静，我和Susan便走到艳阳下的室外去照相，然后又沿着坡道走上去，瞻仰传说中的望厦炮台遗址，来到山脚却只看到山下有一门炮在那里撑场面。因为没有向导，也不敢再往上爬，于是打道回府叫另外两个人起床。

回去不免又是一阵折腾。临走的时候我还塞了张澳门的《明报》在行李中。澳门报纸主流新闻的行文口吻跟我以往常见的大不相同，然而论起明星八卦的腔调倒是两岸三地如出一辙，读着这样的对比时常也能感到富于趣味。

尽管昨日已经跟着 Karen 吃了一整天，品尝过她介绍的最为价廉物美（广东话里称之为"抵食"）的各种小吃店，可是澳门的特色菜式即使像我这样味觉迟钝的家伙也百尝不厌，还记得那些燕窝蛋挞、蜂蜜桂花茶、椰汁鸡和蟹黄粥，都是能让人回味再三的佳肴啊！

九

话又说回来，虽然这趟行程耗费了大家两天一夜，可是如果令一个精于某种旅游的人知道了，说不定我们会遭到他的讪笑。因为在两天一夜之中，所有人真正逛过的"著名景点"只有那个叫做"大三巴"的牌坊。如果连那儿都没去，天下人都要笑了。至于其他地点，我想我们所踩过的景点还及不上某些所谓的"澳门一日游"。然而自助游的优点便在于，它可以给你自由。你的双脚和时光，完全属于你自己。想走就走，想停便停，想玩便玩，想在哪儿吃就在哪儿吃，想闲逛也没问题。我想起某些旅游蜕变得只剩下追逐景点、照相和购物，仅凭浮光掠影走马观花，而无任何生活的体验与发现，那能够说是自己曾经抵达过一个地方的见证吗？

至少这次旅行给了我一个不同以往的机遇去再度回想这个问题。

旅游的真谛大概在于感悟一座城市，一个地方的风土人情，而不是那几个为人所知的地方吧。至少我可以慢吞吞地游逛在澳门的街道上，而不是被从一个景点驱到下一个景点，疲于奔命。通行的旅游方式将一座城市只退化为几张图画，早已世人皆知但你却非要在那下方留个影子以显示你曾经踏足那里。但是，除此之外，你与那座城市并没有任何交集，在你的一生中，它曾经无数次在记忆的迫近中似曾相识，但回首依旧是永恒的陌生。

我不知道这个世界上还存在着多少这样的旅游。我只是想，十年，不，甚至是二十年之后，究竟有谁能够宣称自己真正到过澳门？

我们所行走中的旅游并不是穿越景点，我们行走的，是走过他人生命中的印迹。旅游并不是几何般的精确证明，旅游是一种发现。

怀着这样的念头，一行人就这样逛去了"大三巴"，但并没在那里长久停留。因为天气太热，人太多。黑压压的一群人全都在烈日下忙于照相，另外一群人挤在一间著名"钜记"店铺中抢购手信。

许多人只知道大三巴的建筑成就，却不知其有很深的宗教含义。那里最重要的遗迹恰恰并不是门前的牌坊，而是牌坊之后的物像。我不知道多少人去见过。去的时候我不明白那儿的历史，参观的时候才发现年代比想象中更加古老、更加深邃，那是属于天主教的历史。

牌坊背后，还坐落着天主教的圣地和教徒的墓园，以及保存下教会圣物的地窖。钻下楼梯时，有点喘不过气来，感到仿佛有千年的寄托，沉重地压在心上。任何稍明基督历史的人，都能够明白那种沉默和沧桑是无法随意被提起的。

十

行走澳门街头，也常感受到这儿的日常生态。当地常用的语言仍旧是广东话，在广州长大的我口语虽然不太标准，偶尔去滥竽充数一下还可以对付。在这里英语也随处可见。超市、宾馆，甚至那天夜里看戏的剧场里彬彬有礼的使者都在提醒着你英文比任何语言都具有更为广泛的公共性质。而一座城市文化最表层的印象，可以经由参观那里书店获得。澳门的消费水准，并没有当初想象得那样高，有些紧俏进口货，由于人民币对葡币的汇率，相形之下反而会更便宜。市井之中，港币、葡币、人民币时常被混搭在一起使用。因为各种汇率升降时常令人头晕眼花，加之民间许多商店也许是一时不能接受相差无几的比价，尤其是人民币还在升值的局面，仍然坚持按 1∶1 兑换。偶尔将一元人民币投进公共汽车，自然也不会去多考虑自己是赚了还是亏了。

真正令我觉得肉痛的物价差，反倒是书价。

这里的出版业感觉是跟国际同一步调，书费要贵上好几倍。一本中文书，卖的价钱几乎跟内地的进口英文原版书一样。尽管如此，我还是忍不住去逛了书店，百般权衡之后买回了一整套朱学恒翻译的《魔戒三部曲》，准备回去与译林出版社的对照着看。三大厚本书分量十足，并附送许多插图和资料。在书店中，又意外地发现两个不同版本的《小王子》，还带回一本《发现之旅》的作者专辑，其中收录了许多珍贵资料，那时怀疑大陆版的同版书未曾收录，于是尽管不到 100 页的小书要价 90 多葡币，还是狠狠心拿下了。

现在想想，去那么一趟，能够带走的，也只有这些东西。带不走的，永远是回忆。

即使行者的脚步离开，旅途却永远未曾结束……

作者简介
FEIYANG

晏宇，网名风间轨迹、minstreland。（获第十一届新概念作文大赛一等奖）

燃烧流浪　◎文/白云

　　挥之不去，年华中细数过的缤纷绽放。你，一盏夜光，照亮年华的信笺。寂寞的跋山涉水，谈何容易。姑娘，我们原来都如此陈旧。

　　每年的生日都自寻冰冷。从小到大，这个日子都在繁忙地期末考试，翌日大家都回家开始享受一个狂热的夏季。水泥路蒸腾着难耐的烦热，仿佛潮湿岁月挥之不去的敏感。萦绕。

　　夏天的风总是让人愉悦。天是晴朗的，气温却是燥热难忍的。因此夏天的风让人褪去一身浮躁，知音难觅，相见恨晚才有的感叹。夏天，风是孤单的，无论林荫下或烈日当头的操场都不会有人想要逗留。我是自寻冰冷才去吹风的，夏天的风。我顾影自怜地站在夏日中央，就像是只夏眠的动物。

　　生日的字眼，已被我演绎成流浪。在气温骤降的夜听窗外的五级大风吹散我的年华。电闪雷鸣，我依旧怕。但我想该独立了吧，孩子的时代过去，已没有什么可以攀附的吧。

　　是年华告诉我我是谁。这个问题连我自己都不能独立解决。身份证是僵硬的笑，学生证杂志社回信上我的姓名，字字熟稔，而那却不是我。

每个人在人间都有太多角色，但它们不一定都是你。

喜欢流浪。

背上包和三毛一起去撒哈拉，写很多旅途的故事，花，风，铁轨，北非的神话。苍茫，广阔，萧瑟。携剑和李白一起遍游群山，对酌，大笑或者成仙。脚印带来的都是故事，印记远去，记忆却丰满了。

从前，我总是喜欢将陌生的地方压缩成一张张平面的影，用相机，用匆忙的路过。我自以为所见的风华正茂与沧海桑田都留下了，但其实它们都不曾顾怜过这里。那些温和的，寓于砖墙瓦缝与乡音厚重之间的本质我其实都遗落了，不曾去拜访。我以为相片上的定格都是对真实的描述。然而，那只是一层蝉纱，我看到纱内映出的灯火辉煌却不知那灯火从何而来。

从而从前那些探访，其实是虚空的。

相片一张张呈出像来，心内是空的。没有回忆，没有娓娓道来的故事，就是一张横陈天地的画，美得遥不可及。因此，再去到陌生的地方，我不会拿相机，只带一颗心去，一对耳朵。去听久居此地的老人讲述潺潺流过的岁月。如果还不够老，就去找竖行黑字的地方志去读，读完某些段落，再以对段落的了解去深入探访，让一切铭刻入心，变成我岁月的故事。

从前我认为流浪便是踏足远方，去别人不敢下决心去的地方。我将流浪视为一种性格，去体现与众不同。因此我错认为三毛是有个性的女人，却没有探寻到她内心的孤独。

其实流浪都是孤独的，将行走当作生命的稻草，紧握不放。

身边没有人告诉过我他要流浪。那是他们还不够孤独，下不了决心。

然而孤独又是什么？没有亲人？没有爱情？还是筋疲力尽写下的日记没有人窥探？是坐上秋千却没有人推？是踏上火车没有人送行？

也许这些你都曾拥有，但你依旧无法望穿孤独。孤独就如夏天的风，来去无兆，不分轻重缓急。你不能召唤，只能承受。

夕颜是个好女孩，总是爱写些过去的美好。暖色调的故事，青春而温和。她总是用姑苏女子的语调和我说话，叫我白。而我始终叫她夕颜，尽管在半个月前她更名缱绻。

我们都是旧人。因此，手机上她的名字前我添了一个旧字——"旧夕颜"，这就能让我想起更多。

有一天，她告诉我她就站立姑苏，那个温和古老的城。我瞬生倾羡。那时是地震过后的不久，因距震中较近，身边不少人都去远地寻亲。都是广州深圳乌鲁木齐，都是钢铁黄沙的城市，唯有夕颜说她在苏州，让我的心一瞬间就温柔下来。

忽然，我就很想去杭州，在西湖边练字，去白堤赏柳。是夕颜带来的一个地名，让我在恐慌急躁后又温柔起来。这是多么巧合的事，对的时间说一句对的言语，就能够柔化一个人的内心。看起来是多么惬意。

杭州我没有去，而夕颜不久就回来了。

学校复了课，我们的教室被搁置在教学楼的最顶层，有双重的恐惧。一件，是主震区余震不断，人心惶惶。另一件，则是我们都高三了，直面未来，被迫开始摩拳擦掌。甚至于时隔一月我走进教室，同样的人好像都变得面目可憎了些。

我们在四川的邻边，所以四五级余震都是有感的。最初复课时还有不少人想制造尖叫，引起大家的仓皇四散。就是企图让一些班级频繁"逃命"，好让学校被迫放假。这手段太恶劣了，而且在五月屡试不爽。可是如今已事过几个月，闹事的人就不再像农民起义的领袖一样风光，而是在政教主任和校长办公室蹲点。日子过得难受。

生活看来真的恢复正常了，去外地的学生都陆续回来，教室又满载。但是夏天到了风都显得奢侈。不是说高处不胜寒吗？我们却在静默中汗流浃背。那说明我们还不够高，只看得到树顶却吹不到风。这楼层真的很让人抑郁。

学校开始着手新的校刊，一期期正规下来。我交了两篇文章一幅字就再没有管。

在网上，夕颜问我有没有交稿，我说交了。而我反问回去，她的答案却是否定。我倒是有点淡淡的失落。如今高中，能放开写的人太少，她都不在，我该如何？枕着高考做梦的人，毕竟是太多了。

夕颜不同，有点缤纷的味道是她的文字。如同她的人一样，侵染了同里的水，又沾上天台山的蒲公英。安宁的，羞涩的，轻盈的，柔缓的，戒繁戒燥的，温文尔雅的，和声浅吟的，但骨子中却独立又坚强。

她问我是否是编辑。我笑，说自己也不知编辑是谁，但希望不是学生。我又反问，她为何会如此认为。她迟疑，说看见上次运动会是我审稿因有此猜想。我便作罢不再问下去。

猜想有时还真是虚幻。

在这闭塞的小城市，好坏美丑似乎标准都不甚明晰。谈共鸣似乎都深奥了些，周遭人只会去看那些批着鲜红 58 的作文吧。这，也就是夕颜没有交稿的原因。

绕了一圈，其实想说夕颜是拥有流浪资格的人。姑苏城外寒山掩映，是她的去处。身居偏安的江南，着淡服素饰，辗转于春日的枕水小镇，没有相机，没有言语。单薄的身影站在来回摆动的大片蓝色印花布之间，隐约能看见一把深色的油纸伞伞尖触地。

但我还没有看见过这样的夕颜。她看见这样的描述也会大吃一惊吧。她会说，这分明是白你的喜好。也或许不会，我的喜好从未说过，但她应该从我的文字间读出来过。

我的喜好，似杜牧一样在江南流浪。舞旋零落的桃瓣，后主剪不断的愁。林花谢了春红，太匆匆。如若再给我一世，我会去那里流浪。人都心慕他乡，徒羡那些江畔的繁华，海潮的澎湃。认为那样的意境才能让人在醉生梦死后开始奋斗。但繁华终归是繁华，皆是梦。人终归是最初的人，只停留在迷醉的阶段欣赏歌舞升平。这才有了思乡，对故乡有血有肉的真实怀念不已。因此，你需要在开始流浪的第一步思索好这步履的性质。以避免日后的悔恨。

昨夜凌晨，夕颜发短信来：姑娘，生日快乐。今年有点兵荒马乱，礼物要专心准备才有意义，所以抱歉白。明年会用心准备。

还说：我是个莽撞的孩子，突兀地进入白的生活……

听后我便是心软：没有莽撞，没有突兀，就没有注重和珍惜。生活不能平静如水以至停滞，夕颜是我两年苍白之中遇见的一丝暖色。语毕，我却想象不到夕颜的表情。是沉默，还是别的什么。

夕颜，当时我们不熟啊。你知道那个深夜我的感动。

那一刻，我好想记清这个女孩的每根青丝，细数一起度过的岁月。因为相处时日不长从而每一缕都显得脆弱，但每一丝都有不加重复的温暖。它们像是安存的陈酒，毋需每日依赖却总有倾心相对之时。

旧夕颜，我们都是旧人，旧到如此繁闹的夏都侵不进半点激情。我们平静，心如止水地面对生活，偶尔对窗诉说，让自己都罩上一层薄灰。看起来像是变质安放的灵魂。

注视着年华。而年华在哪？流浪，也许总有一天会燃烧。通天火光，将是寂寞的穿堂而过。

作者简介
FEIYANG

白云，巨蟹座女生，生于90年代，夹杂着摇滚和复古的情怀，黑夜里能够搅碎回忆。（获第十一届新概念作文大赛二等奖）

乘着它们的翅膀

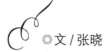

◎文 / 张晓

　　我从来都是一个普通的孩子，穿朴素的衣服，唱简单的歌，喜欢站在阳光下，笑得一脸明媚。我认识一个女孩子，她有一头漂亮的长发，在街上总是有人远远地看她，而我走在人群里却从来不会受人瞩目，似乎我注定就是这个世界上的配角。可是上苍终究还是公平的，他给了我许多许多的梦，乘着它们的翅膀，我经历了一场又一场的开心与难过，繁华与苍凉。

一　文字

　　在很久很久以前我恋上了文字。在过去的很多年里我不停地书写，大段大段的文字像梵高的鸢尾花一样绚烂地开放在我的笔下。每当回头看自己留下的字迹时，我都会有一种幸福地感觉，像拿着冰淇淋的孩子一样满足。

　　在"榕树下"我的专栏叫作"恋字成殇"，很生僻的字眼。我告诉我的朋友们，是文字陪我走过了我的一整个少年时代，我感激它们。"榕树下"是我喜欢的网站，这棵榕树独木成林，繁盛而孤寂，文字是所有孩子共同的根。我和"榕树下"的朋友们把它称作"树下"，仿佛我们都是在荫凉里玩耍的孩子。

其实我一直都希望自己可以永远做个单纯的孩子。我不愿意去参与成人世界里的蝇营狗苟，我只想穿干净的衣服，走一条干干净净的路。这些年来我写下了许许多多的文字，勤勤恳恳地记录下了自己作为一个孩子所经历过的点点滴滴。大大小小的字迹在纸面上晕染开来，氤氲成了一整座庞大的城。我守在这座属于孩子的城池里迟迟不愿走出，看着五彩斑斓的旧时光延伸成黄昏的晚霞，看着童年的天空一寸一寸地暗下来。

记得有谁说过，写作是为了稀释寂寞。我不知道生活在这样安逸的环境里自己为什么会有那么多细小可是连绵不绝的疼痛与寂寞。总是有各种各样的小情绪在我的心底来回穿梭，有时候我想告诉我的朋友们，可是看到周围那些浮躁的面容时我却总是哑口无言。于是我开始习惯在深夜里舞动自己的手指，那些心绪中的细枝末节沉淀在纸上，拓展成了我青春中最华丽真实的篇章。

可是我心中的寂寞和惆怅却从来没能被稀释过，我只能想办法让自己麻木。有朋友说写作是个不错的工作，坐在沙发上，喝一杯卡布奇诺，信笔写写，源源不断的稿费就来了。可是他不知道写字的人内心是会抽搐的，文字只会让人更清醒更疼痛。写作的本原就是悲观和自省，我认识许多恋着文字的孩子，他们都自省而哀伤，他们与周围的人群之间都有着看不见可是冰冷而无法穿越的厚墙壁。恋上了文字的孩子，注定一直一直都不会快乐。文字就像罂粟一样，令人着迷，令人疼痛，一旦沾染，便无法割舍。马尔克斯说作家是这个世界上最孤独的职业，我不知道自己还能不能成为一个真正的作家，可是与文字的缠绵已经让我看到了这孤独的庞大。有时候我想逃出去与文字做个陌路人，可是这一切让我不忍离弃。

很久以前我为一家杂志写乐评，那个很喜欢我的编辑说在文字上我是个很有灵气的孩子。其实我不认为自己有很高的天赋，我只是一直在用文字重述着自己的梦境与记忆。那些纸鸢，那些歌声，那些跳舞的孩子，那些我笔下的精灵们，它们都曾经真实地出现在我所看到的世界里，而我不过是一个讲故事的孩子而已。

现在我想要把自己所擅长的真实继续下去，一直到我的手指变得僵硬，一直到我再也写不出一个字。有人批评我的文字太过狭隘，可是我知道我是在写自己的生活。或许我并不是一个很好的小说作者，可是，在我笔下的那些故事中，一直都会有一个孩子站立在所有悲欢离合的背后，他就是我。

以后我要带着我的文字上路，不离不弃。文字是扎在指尖的刺，它让我疼了。可是这种疼痛让我欲罢不能，因为我的动脉里，汹涌着恋字的血液。

二 音乐

我与音乐的邂逅听起来像个笑话，因为我唱歌走调走得很厉害，而且嗓音嘶哑。每次在 KTV 我唱不了三分钟我的朋友们就会冲过来死死按住话筒然后泪光涟涟地对我说哎呀张晓求求你别唱了。

可是我还是爱上了音乐。有时候我会很羡慕那些背着吉他在烈日下行走的流浪歌手，他们都富有才华而且自由自在，不像我，对音乐缺乏天赋。有一个暑假我报名跟着一位声乐老师去学乐理，可是后来她告诉我说你还是去填词吧。这件事曾经一度让我的情绪很低落，后来我想通了，于是我开始写乐评。我想做一个有品位的观众也不错。

其实我不知道自己是否是一个有品位的观众，因为很多人说我喜欢的不过是一些伪另类的商业音乐，而且多半是过时的。可是我是一个固执而任性的孩子，我听我的音乐，你们说去吧。

以前我买过很多流行乐的 CD 和卡带，花花绿绿的全部塞进抽屉里。在每个寂寞滋生蔓延的黑夜里，我都会随着那些破裂而张扬的音乐走入梦境。我的朋友小 R 总是善意地提醒我，不要听太多摇滚，那种音乐戾气太重，容易让人愤世嫉俗。最终小 R 失算了，我没有变成一个一头黄发的小朋克，我依旧是个温顺的好孩子，笑起来一脸明媚。

我总是喜欢回头去听一些很久远的旧摇滚，比如《梦回唐朝》，那张专辑里厚重的撞击声让我感觉仿佛正有一座宏大的宫殿在我的眼前升起来。而《夜上浓妆》这样的地下音乐则有着完全不同的内在张力，我偶然在一家音乐网站的角落里找到了它们的下载路径，暗自庆幸了很久。

　　我的一个朋友深爱着爱尔兰风笛，那种吹奏起来音符闪烁像电子乐的乐器。我想告诉她其实爱尔兰的歌手和乐队也很出色，比如恩雅比如卡百利。恩雅的歌声轻飘飘的让人入神，夸张一点，就像天籁。听到恩雅唱"we wish you a merry Christmas"我感觉她就像在天堂里领唱的大天使一样。

　　卡百利是我最喜欢的乐队之一，其实我还是习惯把他们叫作"小红莓"。这样的乐队能够走红并不值得怀疑，那首《Dying the sun》我连续听了很多遍依旧可以震颤到内心深处最柔软的地方。有这样的歌声相伴，在阳光下死去，或许也是一种难得的好归宿。

　　在很早的时候我喜欢上了校园民谣，虽然很多曾经的校园歌手都已经在汹涌的商业浪潮里销声匿迹，可是那些青春飞扬的歌声陪伴我走过了一整个少年时代。《那些花儿》《青春无悔》《白衣飘飘的年代》……没有任何歌声比这些忧伤而孤独的旋律更适合用来祭奠我们华丽绚烂而又转瞬即逝的青春年华。四溅的光阴中孩子们掌心的年轮一寸一寸地崩裂，站在十七岁的边缘上聆听，那些歌声如泣如诉。

　　还有嗓音嘶哑破裂的罗大佑。流水它带走光阴的故事改变了我们，就在那多愁善感而初次回忆的青春。光阴，我们，流泪，青春。这是所有校园歌手和听校园民谣的孩子们共同的情怀吧。罗大佑是那样率真的一个人，像个孩子一样，记得有一次他对患了抑郁症的崔永元说，小崔，不怕，我也抑郁过，不是我们有病，是这个时代有病。那一瞬间我和许多人一样热泪盈眶。

　　高晓松曾经说过，写歌是一种瘾，就像回忆是一种病，而感伤终身治不愈的一种残疾。浸泡在这些流淌的乐符里，我知道自己已经沾染了浓重的感伤，终身不愈。可是我感谢音乐给了我更多的东西，如同《圣经》中的一段祷语：免我痴，免我苦，免我无枝可依，免我颠沛流离。在音乐中我找到了令人歆羡的归宿，潮水般的乐声灌溉了我内心深处的大片荒芜，那些曾经寸草不生的空白，绽放出了绚丽的色彩。

音乐是一杯水，饮者冷暖自知。

三　电影

我喜欢坐在沙发上，闲适地捧一盏花茶，品尝甜美精致的小点心，看一部电影。我很清楚，坐在斑斓闪烁的屏幕面前，我所面对的，不过是一幅幅惨淡的旧光景，时间抓握不住，一切终将风逝，唯有晕染在内心深处的记忆，永生无往。屏幕上幢幢的人影和纷繁交错的宿命往往让口中的甜食味道淡却，结局怎么走，从来都是无奈。

电影是一种重述梦境的方式，可是我相信一个好的导演应该尝试着把梦境还原。王家卫说他忘不了戈达尔的一句话：电影是第一梦，也是最后一梦。就是这样一艘在梦与梦之间穿梭往来的庞大游轮，在一场场的悲欢离合中，演尽了世世代代的繁华苍凉。

我总是在那些懒散的下午从互联网上找一些备受推崇或默默无闻的电影来看，一个人目不转睛地盯着屏幕，内心被剧中的人物一寸一寸地感染。那些导演操纵了种种宿命，离合各种不同的人，让我叹服。

宫崎骏是我是我最欣赏的导演，站在今天崭新的阳光下谈起他来感觉久远而缥缈，可是宫崎骏让我相信有很多东西真的是时间所动摇不了的。那些渲染开来的色彩历尽了时光的冲刷，却愈显明艳动人。

宫崎骏描绘的许多场景都曾经在我的梦境中出现过，比如千寻站在无人街头的那一幕。一连串古旧的建筑延伸到无限远方，一直通向庞大而迷蒙的虚无。宫崎骏用非凡的手笔还原了那样一场属于每个孩子的孤独梦境，那种孤绝的境地真实到令人恐惧。有这样幻术一样精妙的叙述技法，宫崎骏已经足以无愧于"动画诗人"的美誉。

而宫崎骏所带给人的震撼不只在于他对于人内心世界的深刻挖掘，在这一场又一场美轮美奂的梦境中，那些天马行空的想象力更是让人叹为观止。宫崎骏是有悲观情绪的，在《风之谷》中他设置了一个关于末世的荒凉场景，暗黄色的天空带来的压抑让人难以承受，可是每当从电影的满目凋敝中回过神来看到现实中精致的城市和霓虹时，面对这可以触摸得到的繁华，我总是感觉前所未有的亲切。这就是宫崎骏所带来的诘问。这世界如此精致，又如此易碎，我们应当何去何从。

　　岩井俊二是另一位我倾心的日本导演，其实我想说他也是一位很出色的小说作者。看着他的文字和那些流转在银幕上的光影，我感觉那些不断在年华中剥落的青春就像一片华丽的沼泽，波光潋滟，可是同样妖冶而危险。丝丝入扣的爱的捆绑，少女胸口翩然欲飞的燕尾蝶，四月飘飞的樱花中穿行而过的羞涩女生，绿色麦田中孑身而立的隐忍少年。岩井俊二用清新的色彩涂染着青春的物语，与筱田升的合作让流动的光线得以静止，一寸一寸沉淀到了世界千变万化的细微裂缝里。即使时光早已飞散，依旧值得默默怀念。

　　我是一个恋旧的人，一直对光阴的远去耿耿于怀。可是我知道只要这世界上还有一寸年轻的土壤在，青春的花朵就永远不会凋谢。《阳光灿烂的日子》《蓝色大门》，在这些被剪辑的光影中，年华遗失的碎片被一一捡了起来。那些与青春告别的痛像涨潮一般涌起的时候，我总是很清楚，又离收场不远了。

　　电影是一场梦。电影只是一场梦。某人的一句话总是让我记忆犹新：天亮起来的时候，生命从来绚烂和明媚，梦境终究只是旅程，并非归宿。

四　旅行

　　我是一个有逃离情结的孩子，对于我远方总是像那座漂浮在高原天空之上的飞行岛一样，令我为之痴迷，令我仰望不止。我渴望一场遥远的旅行，渴望有一天自己能够看尽陌生地域的夕阳西下，枕着异乡的风沉沉入睡，再不用背负这沉重的喧嚣与嘈杂。

很久以前我曾经写过一个旅者的故事，他一直不停地行走，不断地向新的远方靠近，甚至忘记了自己为什么而来，忘记了自己家的方向。作为故事的作者我很清楚地知道自己和那位旅者有着怎样相似的背影，我同样执着于漂泊，时时刻刻向往着远方，无法皈依这平淡的生活。

现在我生活在江北的一个角落里，抬头望一眼就可以看到不远处高楼林立的水泥森林。我知道自己应该安分地读书安分地生活安分地了此一生。可是远方的一切对我有着异乎寻常的吸引力，那些陌生的风景总是花朵一般开遍我梦境中的角落，绚丽而又馨香馥郁。远方永远神奇，远方永远完美，远方永远阳光明媚。而我对远方的向往，就像浑浊的黄河水一样，泥沙一点一点沉淀下来，期盼却越积越厚。

十四岁的那个夏天曾经热血来潮和菲菲一起去了西安。我带上自己所有的稿费，掏空了那只沉甸甸的猫咪储蓄罐。站在那座古城的长街上，顶着灼烈的日光，我和菲菲分用两只耳机听张楚的《冷暖自知》。这是那位孩子似的歌手生活过的城市，循着他破裂嘶哑的歌声，我们终于来到了这里。十七朝古都的苍凉从厚重的城墙里一点一点渗出来，耳机里传出张楚有些愤世的歌声，"只是麦子依旧在向着太阳愤怒生长。"看着古城里穿梭往来的芸芸众生，我想我已经开始喜欢上了这座城市。

在刚刚过去的这个冬天我去了上海，那座我曾经仰望曾经为之泪盈于睫的滨海魔都，张爱玲笔下繁华而苍凉的十里洋场。穿行在上海熙攘的人流里我前所未有的安静，一种莫名的归宿感像潮水一样漫上来湮没了我心中所有明灭的悲喜。我在心中一遍遍地对自己和上海说，我一定会回来的。久久的仰望所带来的疼痛已经让我无力再把那些曾经信手拈来的小情绪拿来铺陈，望着上海朦胧的红色夜空，我知道自己所能做的只有好好地走路，无论是在脚下，还是在梦中。

这个五月的初夏天气已经开始转热，大朵的阳光投射下来，满地都是流散的阴影。随着那个含义复杂的六月日益临近，我开始筹划自己假期里的南亚之旅。桂林，北海，涠洲岛，河内。虽然这一切看起来依旧遥远而缥缈，可是这一连串漂亮的名字和那些想象中的风景已经让我忍不住心生涟漪。微微是我的一个朋友，很有梦想的女孩子，我们约定共同完成这次旅行，两个人煞有介事地四下查资料，为手续的办理和路线的安排殚精竭虑。和投机的朋友一起旅行是这样一件值得愉悦的事情，我希望自己能够如愿在这个夏天走进安妮在《蔷薇岛屿》中描述过的忧郁国度，能够看一看杜拉斯邂逅中国情人的湄公河。电台有一档节目叫作"音乐风情之旅"，介绍全世界的漂亮风景和各种各样舒缓贴心的音乐，我很喜欢。当电台要制作关于南亚的节目时我写了有关越南的播音稿用电子邮件发给主播，她配了一首基调很低沉的越南情歌读给所有人听。这一天的节目结束时她用了一句我很欣赏的话作结：旅行是人的宿命。

　　旅行是人的宿命，我们耗费这漫长的人生，不断跋涉，苦苦想要留下自己行走过的痕迹，为此积累下的繁复年光，便是人生全部的意义。即便终不遂愿，依旧不枉费这旅途。

　　我知道，走到今天，自己只是这繁华世界中的一个过客，所有的风景，也不过是一场转瞬即逝的烟火。可是兰波有一句话很让人警醒，生活在别处。不断地追求未被尝试过的生活，这就是旅行的意义。

　　所有我叙述的这些都是我所钟爱的梦，它们从属于我的内心，我可以毫无顾虑地写在纸上给所有人分享。可是我很清楚，一个人，并没有多少故事可以像这样拿给别人看。想要顺从自己，必然面临困境。安妮曾经写下这样疲惫的句子：为了遵循自己内心的声音生活，我们曾为此付出多么巨大的代价。

　　现在我的生活很简单，每天不止不休地与那些繁琐的数学题纠缠，已经很少再有时间去关注我所挚爱的一切。可是我终究是一个任性的孩子，固执地相信只要把头抬起来，眼泪就不会再往下落，固执地坚持以强硬的姿态面对现实。这些梦安慰了我曾经的寂寞，除了不离不弃，我别无选择。乘着它们的翅膀，我要去寻找我的天空。

作者简介
FEIYANG

　　张晓，出生于90年代,6月6日的双子座男生。性格始终游走在浮躁与沉郁的边缘，受双子星的牵引，极具两面性。喜欢安静，可是自己很聒噪；喜欢明媚，可是害怕阳光。(获第十届新概念作文大赛二等奖，第十一届新概念作文大赛二等奖)

遍地苍耳  ◎文/徐衍

从前写着私人的日记本，带锁的那种，记录下年少点滴。

从前买着几块钱的卡带，收藏那些遥不可及的明星海报。

从前还只是小心翼翼地积攒了半个多月的零花钱，然后给心爱的男生或者女生买两张电影票，找一个冠冕堂皇的理由享受黑暗中片刻温存。

一如既往的青春，这样的旅程有一拨人下来，一拨又迎上去。怅然若失地继续惆怅，欣喜若狂地接着好奇亢奋。蓦然回首，才发现那些满腹心事的光影替我们挽留下所有成长的印记，不动声色不着痕迹地在一格一格胶卷里头——定格。

这样的年岁衬着这样的故事，这样的故事托着种种或质朴干净或浓烈妖娆的青春，形形色色奇形怪状地被罗列在大荧幕上，有种游街示众的赤裸裸。青春成长电影也就自然应运而生了。

谁都听过"人的一生是不可能一帆风顺的"诸如此类的谆谆教诲。一如成长，这个弥足珍贵的人生阶段，历久弥新常看常新。灿烂与残忍兼备，人生如戏，大抵如此。

一 灿烂

青春的主色当是张扬亮丽明快招摇的。好似烈日下的向日葵吞吐着磅礴的明媚:《半生缘》里，世钧叔惠曼桢三人结伴，纵然生活清苦却也是掷地有声的幸福，有棱有角，盘根虬枝地分布在那段仓促的邂逅时光。

《蓝色大门》里，张士豪踩着单车，花衬衣迎风飘荡，像一颗兴高采烈得有点得意忘形的彗星，拖着招摇的尾巴，甩过台北树影横斜的街道，一个回头，没心没肺地念叨，"我是游泳队，吉他社，天蝎座，O 型……"

《盛夏光年》里，三个人相对而视，在蓝色调的米粉店里肆意地张牙舞爪。

《和你在一起》平淡的父子更见真情。

《色即是空》里为爱情的义无反顾高歌独奏旌旗摇曳。

《不能说的秘密》里，趾高气扬超级拉风的斗琴大赛。

《关于莉莉周的一切》一开场气焰嚣张地在一家 CD 店明目张胆地偷窃大包 CD，一路撒欢似的奔跑逃遁，然后又阴差阳错地飞到小岛旅行，美丽年轻的女郎、湛蓝却深不可测的海域、郁郁葱葱的热带植物，透过飞机窗看到的虚无缥缈的云层，见证这一个个用无奈的苍凉或者说是苍凉的无奈支撑起来的快乐，小小的，收纳在心坎里。

《情书》里头的快乐几乎都是博子用深切的追思回忆贯穿始终，还有和另外一个同名的藤井树通信时候焦灼不安的舒心，有期待总还是好的。

《猜火车》里，有堕落有放纵，至少在刺激的摇滚酒吧，在空旷的爱尔兰田野、在支配人生的种种选项时候，也有稍纵即逝的快乐……林林总总的青春形态被华美的糖衣包裹着，羞涩地隐藏起狰狞残酷的一面。

好在我们心志渐趋成熟，人生中幸福快乐只是极短一瞬，幸福不会永久的道理谁都知晓，像一场声势浩大的台风过境，一伸手就成过眼云烟。幸福是尾巴，我们徒劳地望洋兴叹。青春的明媚让我们隐隐担忧这些明丽的镜头后面，将有何种气势汹汹的邪恶来崩摧来肆无忌惮地破坏……

二　残酷

　　成长的蜕变要经过多少的挫败才能修成正果？青春的不朽要经过多少坎坷才能水到渠成地供奉承享着顶礼膜拜？于是就像一只精致的蛾子，有夺目璀璨的磷粉，却义无反顾地扑向盛大火焰，在微蓝的火焰中骄傲地迎接盛开的死亡。

　　我们的青春何尝不是如此？虽然我们知道要积极向上、要微笑着对待生活，要永远向着太阳做个阳光的少年……只是并不是每个人都是阿甘，可以误打误撞地享受傻人傻福；只是并不是每个孩子都可以像彼得·潘，拒绝长大，永远秉承着童年孩提时代的心境和生存状态。所以我们原谅了这些光影背后冷色调的悲伤、黑郁郁的残忍。

　　《半生缘》里曼桢绝望地向世钧哭诉，再回不去了，我们再回不去，一段半生缘被彼此用一生去凭吊；蓝色大门外一颗焦灼的心，一点一点地培植一份没有期限的等待的耐心，门里一颗孤寂的心，一点一点地蓄满直面豁出去的勇气。

　　《盛夏光年》的海边，告慰的告慰，离别的离别，一切真相来匆匆去匆匆，惊涛骇浪扑打海滩，三个人的棋局注定这个不合规则的游戏要冷冰冰地半途而废！毫不留情的！用一光年的时间去历经，再用一光年的时间去缅怀，一个盛夏的距离，长得恍惚反常，留下回忆，美好的、青涩的、傻兮兮的、盛气凌人的……

　　《不能说的秘密》，纠结的情愫穿越了时空，遗留一个下落不明的结局，我们倒是满心希望他们可以活在那个过去时的时间维度里，无忧无虑，像彼得的 Neverland！

《猜火车》里头那个废弃的大马桶给人印象深刻，堕落和贪婪犹如马桶下的世界，即使澄清也是封闭得可以令你窒息，猝不及防的窒息，生生猝死……

《情书》的淡淡暧昧弥漫过每一寸光影，只是那样的结局，藤井会稍稍安慰，而博子又会是生生不息轮回般不停歇的哀伤，永远无法救赎的原罪。青春让我们明媚地活着，然后在一个个措手不及的时刻，推给我们以庞大密匝的黑暗。有的人苟延残喘之后，随波逐流人云亦云地沉沦，而有的人抱着即使毁灭也挺下去的坚贞，破茧新生！

《老人与海》风靡至今，不无它的道理。

究竟华丽的主色需要多少阴郁的忧伤才能让它死心塌地地吸附"青春"这枚激越的标签？

三　苍耳

有种光源叫黑暗的光源，光明中黑暗包藏祸心，黑暗笑里藏刀撕咬光明。青春亦如是。忧伤不是注脚，无奈我们的人生太过独特太过犀利，迥然各异的青春曲高和寡，于是披着华丽的袍，期盼周围的温暖附近的交集。曾经的诗意演变成当下的失意，相同的音节相同的我们，只是在青春的流放中，忘记木槿的花期，忘记了黄金时代的激昂，忘了，都遗忘了，我们长大我们成熟我们分道扬镳我们各奔东西。

高考结束的那年夏天，第一次听莫文蔚在电台温情地唱着，落叶是树的风险，情感是偶发的事件……

青春是一棵仓促的树，没有年轮，因此我们是愣头青，在每一个云淡风轻的日子回眸走过的青春历程，都是浮泛苍白的日子，没有扎根的稳重没有积淀的分量，苍苍青春，白驹过隙，天空中的白色风筝越飞越远，飘零断线，下落不明。

对于过去时的青春，光影成为我们唯一的安慰，救命稻草的悲凉在我们身上逐一演绎抬头，飞机划过天际，留下厚重的轨迹，像柔软的棉花棒，过去的过去，如歌的年华，在清凉缄默的苍穹斑驳。

　　谁哭了，谁笑了，谁突然出现让所有的钟表停了；让我唱，让我忘，让我在白发还没苍苍之前流浪……看到阿一的空间签名档，很欣慰也很失落。喜忧参半，这段失意诗意的年华。

作者简介
FEIYANG

　　徐衍，产于巨蟹座的最后一天，生存于80后和90后夹缝之间，注重精神生活，没有音乐电影文字将无法存活。对于现实有着忽冷忽热的兴趣和反应，努力尝试多种文字风格的创作。喜欢陈染私语似的写作，也喜欢苏童专属的文字氛围，对杜拉斯敬而远之，对昆德拉拜倒辕门。（获第十一届新概念作文大赛一等奖）

第3章

青涩年华

还有一个我，停在江南，那里花开正暖，

雨落恰紧，万年一瞬

有些事情你不知道  ◎文 / 杨雨辰

一

后来夏小满不只一次对我说她迟早要亲手把李昂杀掉，为此她还潜心深入研究《福尔摩斯探案集》《尼罗河上的惨案》《占星术杀人魔法》《名侦探柯南》等诸多侦探类小说和影视作品，以及《越狱》这种锻炼逻辑思维能力的连续剧，还看过建筑法律物理化学方面的书。夏小满说她之所以做这么多，就是为了哪天滴水不漏天衣无缝地把李昂干掉，而自己可以逍遥法外，如果不慎真的进去了，她就纠集一帮女犯人，大家一起越个狱什么的。

李昂是夏小满的男朋友。夏小满之前一直都叫他小凉小凉。小凉我们明天一起出去约会吧。小凉你什么时候带我去吃好吃的冰沙。小凉我明天就要考试了啊我还没复习呢怎么办怎么办啊。小凉我今天大姨妈来了肚子好疼。那个时候夏小满躺在床上抱着李昂送给她的大娃娃一脸小女人幸福甜蜜的样子说肚子好疼肚子好疼。我就以为夏小满男朋友的名字真的叫小凉。我说什么时候叫你们家小凉请我吃饭啊。夏小满脸上就绽开一朵可爱的笑，她说有机会这当然是一定一定的啊。

我第一次见到夏小满时，她正费力地往寝室拖着一

只四轮大行李箱，红色的，拉链处还有露出的一两根毛线，后来她打开箱子我才知道那是夏小满的围巾。我当时正躺在床上看一本《洛丽塔》。夏小满推门进来的时候，下午的阳光刚好透过窗帘和纱窗的缝隙，一束束打在她的脸上，像极了书里面亨伯特·亨伯特用最淡定的语气描述的小仙女。

夏小满的额头宽宽的，小鼻子坚挺，嘴角微微翘起，侧脸看起来棱角分明，她跟我说：你好，我是夏小满。夏小满向我介绍自己，说她"是"夏小满，没有说她"叫"夏小满，语气和表情在告诉我似乎这个世界上只有她一个夏小满，笃定，毋庸置疑。以至于我现在已经完全忘记自己当时在想什么，到底回答了她什么。

从那天到以后，夏小满一直都睡在我的上铺。她的床头摆满了一摞摞的书，言情侦探玄幻哲学，是李昂在当当淘宝卓越网上买来送给她的。还有李昂带她到玩具店里面赢来的各种小布偶，粉色的小兔子是李昂从机器里面抓出来的，蓝色的哆啦A梦是李昂玩射击的时候赢来的。夏小满的床满满的，有时候一翻身就蹭掉一个什么，她从上面探出头喊我，小旗，帮我捡一下啊。

夏小满穿连衣裙很好看，裙角就随着她走路的频率来回地摇曳。冬天戴围巾也很漂亮，就是行李箱拉来的那条灰色的围巾，她说是我家小凉送给我的，冬天挡风，温暖。于是我就在想夏小满的小凉到底是怎样一个男子，能让夏小满无论吃饭睡觉洗衣服逛街生理痛的时候都想起来的这么一个人。

然后我几乎淡忘了是什么样的一个时候，是在夏小满扬着裙摆踩着漂亮的高跟小凉鞋满街走的季节，还是拉着我的手比赛谁先踩到前面一片落叶的季节，抑或者是漫天雪花撒下来落在夏小满翕动的睫毛上变成小水珠的季节，她指着李昂笑着对我说：小旗，这是小凉。

二

夏小满左手挽着我，右手指着站在树干后面或者一个什么庞大影子里的李昂笑着对我说：小旗，这是小凉。

没错，是李昂。为什么我之前就没有想到李昂念得快一点就连成了小凉的凉呢。

李昂看着我，怔了一下。我从他脸上看到自己相同的表情。

"呀，你们认识？"夏小满一手拉着我一手拉着李昂，兴奋地晃来晃去。

我和李昂默契地一起矢口否认，然后握了握手。

我说我叫李小旗，原来你就是传说中的小凉。

李昂说我叫李昂，很高兴认识你，李小旗。

我们都假装得像第一次认识，假装得心无芥蒂。不过我不知道我们到底假装得像不像。可夏小满笑得嘴角边上两个酒窝里盛的都是幸福，然后她说我们一起去吃肯德基好不好。

你爱夏小满，是么。趁夏小满去洗手间的时候我这么问李昂。

如果你把我们的事情告诉她，我会杀了你。李昂这样对我说，丝毫不留余地。

我说好，李昂，但是你也不许伤害她。

正是因为不想伤害她，所以有些事不能让她知道，你明白么？李昂说。

我说我明白。

我们三个人吃了薯条，劲爆鸡米花，香辣鸡腿堡，新奥尔良烤鸡腿堡，老北京鸡肉卷，还有可乐和芬达，夏小满一直在说话，她说小凉啊你多吃点，你太瘦了。小旗啊你少吃点，晚上回去不要跟我念叨说后悔又吃多了。夏小满叼着老北京鸡肉卷，面酱顺着嘴角往下滑，李昂折起手边的纸巾，轻轻地帮她擦掉。

夏小满把吸管咬得扁扁的，含糊不清地说我最爱的两个人，一个坐在我左边，一个坐在我对面。我吃的是香辣鸡腿堡，不知道为什么，那天的鸡腿堡很辣，我用手抹了一下眼角，就辣得我眼泪都快出来了。

三

回到寝室的时候夏小满一直追着我问小凉帅不帅啊。我说帅啊帅啊帅到掉渣帅到惊天地泣鬼神帅到天崩地裂人神共愤。夏小满把一块曲奇塞到我嘴里说，哟，嘴真甜，奖励一个。我吃得满嘴都是饼干渣，夏小满用拇指帮我揩干净。夏小满的手很纤细，之后很长一段时间我经常想象她和李昂十指交握掌心摩挲到底是怎么样的一种抵死缠绵。

我坐在椅子上听夏小满第无数次讲起她和李昂的芳草路口，和芳草路口横在路中央的那块泛着金属色泽的大石头，跌倒在地的女生，和帮她捡起散落一地的苹果橘子葡萄的少年，以及两个人面面相觑之后心无芥蒂的笑。我想那天不论是晴天还是阴天，都是一幅美好到让人心生温暖的图画。

然后就是东陶街第二十五号的奶茶铺里面草莓奶茶的珍珠们被一股脑儿倒在木瓜奶茶里，夏小满就可以吃到双份的珍珠，吃不完的都用吸管吸出来，就一粒一粒地都吐在李昂的身上。然后就是上演着并不很煽情的电影的电影院里，夏小满挽着李昂的手臂稀里哗啦地把眼泪都砸在李昂的脖子里面，李昂轻轻地把纸巾递给她。然后就是游乐场摩天轮里两个人分食一块巧克力榛果慕斯小蛋糕，眉梢眼角都是甜。然后就是一高一矮两个背影用钥匙努力在友谊路的某面墙上刻下夏小满和李昂这五个字的轨迹，又拉着手一起跑掉。然后就是春秋街的第三个拐角，少年捏起女孩尖细的下巴，闭上眼睛整个城市只有两个人的缩影。

后来，夏小满有时带着我一起和李昂到奶茶铺喝奶茶，我们到

KTV 唱歌，夏小满对着李昂唱着："你大大的勇敢保护着我，我小小的关怀喋喋不休，感谢我们一起走了那么久……给你的手，像温柔野兽，我们一直就这样向前走……我们小手拉大手，今天加油，向昨天挥挥手……"她的眼神就像温柔的小兽，安静地伏在李昂的胸口。

四

夏末秋初的交替季节里，我不慎感冒。整天整天的在寝室里打喷嚏擦鼻涕，我用完了我一整包的抽纸，还吃掉了夏小满的两板白加黑和一整袋的板蓝根，仍然不见好转，夏小满看着我挂着鼻涕拖着鼻音痛不欲生的样子催了我好多次到医院去看看。我说没事没事。夏小满就跟我讲也不知道是她从哪里听到的还是从网上查的或者根本是她自己瞎掰的一些因为感冒而引发重症的病人的事情。她说小旗你不要不当回事呀感冒会引起发烧啊心肌炎啊高血压啊冠心病啊脑血栓啊肺炎啊肝癌啊……我在她把"乳腺癌"说出来之前只好说好吧好吧我去还不成么。

我裹着围巾乘车去了市立医院，离我们学校并不是很远，在挂号的地方我看到了李昂往门口的方向径直走了过来，看到我的时候愣了一下。

你怎么会在这里。我拿捏不准应该用什么语气什么表情面对眼前的这个人。

哦，我是陪我女朋友来的，她在那边呢。李昂脸色有点苍白，但故意轻描淡写地抬抬下巴。我顺着他的方向看过去，妇产科红色的三个大字触目惊心地印在白色牌子上。我不知道坐在那里的哪一个是他所谓的女朋友。但脑袋里面想到的全是夏小满叫小凉小凉时快乐得就跟她吃了我请她最爱吃的芒果冰沙一样。

我只是下意识地用尽力气朝李昂打过去，他却没有躲，白皙的脸颊立刻印出清晰的五个指印，我的手掌生疼生疼的。

我说李昂，你他妈是个混蛋。

李昂偏过头去笑笑，在你眼里，我不一直都是么。

我一时语塞，无言以对。只好转过头去，往相反的方向走，假装没有遇到他。我开始想念夏小满，拼命地想。然后坐在呼吸科医生对面时，她要我张开嘴巴，用木片压住我的舌根看我的喉咙，我就哭了出来，医生说你的嗓子是不是很疼。我说不是，可眼泪都止不住地掉下来。

晚上的时候，李昂竟突然发短信给我，说：小旗。你要帮我。如果我没记错的话，那是他第一次叫我小旗。

我说好。

李昂说，有些事情小满不能知道。

我说我明白了。

夏小满推门进来，肩上搭着米老鼠的毛巾，手里端着维尼熊的可爱小脸盆对我说李小旗你到底还去不去洗脸啊。她残留在嘴角的牙膏沫突然让我想起那天在肯德基里李昂折起一块纸巾轻轻帮她擦嘴上的面酱。夏小满跑过来说你哪里不舒服啊小旗怎么哭了，你要告诉我。我说没事，我想打喷嚏打不出来。

五

那天我是看着夏小满早早从床上爬起来的，她设置的手机闹钟虽然是振动档却还是把我吵醒了，我闭着眼睛假装睡觉。夏小满叮叮当当地拿盆去刷牙洗脸，往脸上拍爽肤水喷面部保湿喷雾，贴着睫毛画长长的流利的眼线，还在脸颊上打了腮红，嘴唇上抹了亮粉色的唇彩，耳环也戴好了。我就躺在夏小满背后的那张床上看着她忙碌的背影，觉得难过起来。

我在床上翻了个身，夏小满出门之前轻轻地把门掩上，我知道她在我耳边轻轻地说了小旗早安，再见。那个时候阳光正透过窗帘打在窗棂和我的床头。我躺在床上无聊地想着是看会儿书呢还是该给谁发个短信呢。

夏小满下午回来的时候把嘴巴撅得很高，她说小凉今天一直心不在焉的还玩手机都没有注意听我说话，我说我要喝芬达可他竟然给我买了瓶可乐。夏小满把包摔在床上，满脸的愠怒。我拉着她的手说小满我们去吃晚饭吧。夏小满把我的手打开，说小旗这是为什么为什么啊。我说好了小满，有些事情没有必要刨根问底的，你说你想吃盖浇饭还是米线，我请你。夏小满一把揽住我说还是小旗好。

我和夏小满决定去吃盖浇饭。夏小满要了鱼香肉丝饭。每次我们去吃盖浇饭她都只要这个味道的，不论是在哪里的饭店。她说我不想尝试新的味道，认准了一种，就不愿意再去换。就像夏小满睡觉之前一定要吃一块糖却不生蛀牙，睡觉的时候永远都要抱着李昂送她的大布娃娃，抱得很紧，夏小满永远都是那个笑容温暖笃定，但缺乏安全感的小女孩子。所以我不想看到她哪怕只是撅一撅嘴角的小小的惆怅。

六

夏小满和李昂吵架了，因为他竟然忘记在周日晚上的约会。夏小满下午出去之前还问我，亲爱的，你说我的这条裙子好看么。然后晚上夏小满一个人回来，鼻尖冻得通红，她把裙子扔在地上，穿着她的小高跟鞋在上面用力地踩啊踩。李昂打电话过来的时候，她在电话这边冲他吼：李昂你以为我不知道么？那些发给你短信的号码，一个尾号是 2767，一个是 4553，还要不要我一个一个报上来给你听？

我第一次听到夏小满叫李昂，李，昂，字正腔圆，一点都没有连成"凉"的迹象。夏小满挂断电话，把脸埋在枕头里，对我说，小旗，我好累，其实他跟她们发的短信我都看到过的，她们给他打电话的时候我也知道……小凉是个拙劣的戏子，举手投足的笃定却还是掩不了眉间隐藏的谎言，以及嘴角的那抹慌乱，我只是不愿意戳穿。

初冬的夏小满开始变得慵懒得像一只猫，经常旷课，抱着大娃娃躺在她的上铺安静地看书，写字，吃糖，睡觉。她说小旗，我恨不得要杀死小凉。然后开始不停地买侦探小说，看侦探电影，算化学物理公式。她说我要研究一套缜密的谋杀案，杀掉小凉，然后逍遥法外，找个人嫁掉，过日出而作日落而息的正常人生活，我他妈的才不要什么狗屁爱情。

然后夏小满就约李昂出去，给他吃她做的没有熟的豆角土豆，吃得李昂后来腹痛，当着夏小满呕了血。夏小满吓得腿软，瘫在地上呆了半晌之后，就像小孩子跌倒之后不会立刻觉得痛，之后才会哇哇大哭那样，夏小满就那么没出息地坐在地上哭，还是李昂蹲下揩干了夏小满的眼泪，对她说，乖，起来。

晚上我起床上厕所回来看到夏小满把头捂在被子里面，肩膀一下一下抖得厉害。我站在椅子上掀夏小满的被子，她抱着娃娃眼睛哭得很肿。我说小满你怎么了。夏小满嗫嚅着说，我真的好想小凉。我摸摸她的脸，滚烫。我抽了一张纸让夏小满把脸擦干净，我说不然明天真的见不了人了。夏小满擦鼻子的时候擤得很响，然后我们两个都笑了。夏小满问我，小旗，你说我是不是很失败？我说没有啊，有些事情，难得糊涂。一切都会好起来的。

七

夏小满接到2767的短信是她自己都始料未及的事情，当时她正捏着勺子对着一盘子鱼香肉丝盖浇饭张牙舞爪，舞得风生水起，饕餮一样一大勺一大勺地把饭菜往自己嘴里送，她说今天的鱼香肉丝啊做得真是格外合我的胃口，另外，饕餮是不用勺子吃饭的。我坐在她对面边玩手机边啃一根火腿肠。夏小满就突然把勺子插在米饭上，我抬起头，发现她的脸色变得像米饭一样惨白。

"没想到她先找到了我，"夏小满眼底大片大片地泛着雾气，"为什么她连这个难得糊涂的机会都不给我呢。"

周日下午五点三分的春秧街，车流裹挟着夏小满绝望的抽泣。夏小满拨通了李昂的电话，半晌，街对面正在拥抱姿势中的少年手忙脚乱地和女生分开，接了电话。

"小凉，你在哪？"

"哦，我和朋友在东陶街喝奶茶。"

2767 用一条短信仅仅九个字就击溃了夏小满：周日下午五点。春秧街。

八

夏小满决定去法国，她对我说，小旗，其实我妈妈早就想让我到外国去念书，只是我一直在等小凉，等他毕业，然后我们一起到法国去。虽然以后只能一个人站在香榭丽舍大街上一个人闻普罗旺斯的薰衣草香一个人在梵高故居附近的咖啡馆喝拿铁一个人完成我和小凉的梦想，可是我仍然觉得那会是件很开心的事情，真的，我会忘记他的，没有他我一样可以很开心。

我小心翼翼地拥住夏小满，她就像是一个易碎物品，轻轻一碰，眼泪就会落下来。我对夏小满说但愿如彼。

九

冬末的二月。夏小满在安检之前跟我说，小旗，有些时候有些事情是不是还是不知道比较好，就像堆砌起来的多米诺骨牌，经不起推敲，否则，就是全盘坍塌的满目疮痍。所以，其实我从没有想过要明察秋毫到戳破所有的谜题。她的眼底尽是氤氲散不去的雾气。

我说是。有很多事情不能知道。走吧，该忘的都忘了吧，忘记一个人比憎恨他还要残忍。

夏小满重重地点头，重重地抱了抱我。费力地拖着红色的大行李箱，往安检处走，就像她刚刚搬进寝室时那样，只是拉链的地方再也没有夹着李昂送给她的围巾上的毛线。

十

是的，夏小满，有些事情你不知道。

夏小满，你不知道，李昂和我是兄妹，从我十三岁的时候，我妈妈嫁给了他爸爸那天起。

夏小满，你不知道，李昂跟他妈妈住在一起，他有多么恨我和我妈妈打碎了他的家。

夏小满，你不知道，李昂从医院走出来的时候，那种表情看起来多么虚弱多么苍凉。

夏小满，你不知道，李昂那天晚上发消息对我说小旗你要帮我，有些事情小满不能知道，关于我的离开。所以，我请你帮我，让夏小满忘了我。

夏小满，你不知道，李昂为了你竟然肯跟我说话，还约我出来托我把暖水袋针织手套那些小东西悄悄送给你。我拿过那些小东西的时候，我们的指尖有一平方厘米的接触，我知道他的手是因为你而温润着。

夏小满，你不知道，李昂握着你的手的时候，那绝望的冰凉的血液从血管里循环往复的时候，还在努力带给你温度。但我和他都知道其实你做的那些豆角土豆根本不足以让他呕血，因为我在你去厕所的时候，早就换了新的一份在你的饭盒里。

夏小满，你不知道，李昂那些女朋友的短信都是我用不同的号码发给他的，那些电话也是我打的，你听不出来那是我的声音吧。还有在街头上忘情的那个拥抱，你能看出来李昂怀里藏的是乔装打扮的我么。

夏小满，你不知道，李昂临死的前一天还要睁开眼睛看你的照片，他在用尽力气记住你的样子。他说夏小满，你不用费尽心思杀我，你仅仅用你的微笑，就可以让我万劫不复。

夏小满，你不知道，李昂叫着你的名字闭上眼睛，嘴角弯起的那种幸福的弧度有多么美好，阳光打在他的脸上，他就好像睡着了一样的。

不过，夏小满，有一件事你和李昂都不知道。

其实，从十三岁那年起，我就在深深地爱着他呢，其实，那天在肯德基，我也好想对你说，说我这辈子最爱的两个人，他们一个坐在我右边，一个坐在你对面……

作者简介
FEIYANG

杨雨辰，女，1988年生。(获第九届新概念作文大赛一等奖，第十一届新概念作文大赛一等奖)

悲伤时唱首歌 ◎文/王天宁

　　傍晚回家要穿过一条长长的巷道。这是横亘在我童年记忆里不美好的记忆。忘了什么缘由，我需自己回家。很晚的时候，华灯初上。巷角有一家小音像店，那天放着激烈的摇滚。我捂紧耳朵跑进巷子，噪音被我抛在身后。后来声音越来越小，直至听不见，我完全步入到浓重的黑暗中。两边高墙把天空分割得支离破碎，我抬起头只看见狭长的一小片。

　　我开始害怕，脑子里出现大片大片不知所谓的场景。但路还要走下去，前进不得后退不了，只能慢慢走。我开始唱歌。这是能给我勇气、维持我不趴下的唯一方式。

　　我不记得唱了什么。但是声音发抖，紧粘住两边潮湿的墙壁，发抖的歌声。

　　后来到家了。忘不了夜色浓重，忘不了黑暗。害怕时还是想唱歌。

　　想起来了。那次我要玩具，我妈不给我买。一直到巷子口，我扯着她的手不停哭。她把我的手指从她手里一点一点掰下来，甩到一边。然后对我说："你自己，回家吧。"

　　她便离开了。自己走进黑暗的巷子。把我一人，丢在暴躁的音像店门口。

我只能唱着歌走完让我心怀恐惧的路。这段记忆最终纠结在心底成无法释怀的情感。害怕一个人，害怕自己被丢下。

不知怎么想起往事。我已长到不惧怕走任何夜路的年纪。

家门口挂着低瓦数的小灯泡。光芒照向我时，微微眯起眼睛。四下的摆设影子黑暗，我小心跨过雨后积水的小水洼。

我妈把菜摆在桌上，见我进来，招呼一声"快吃饭"，说罢自己动起筷子。我推了推鼻梁上汗津津的眼镜，拉开凳子，坐在她身边。

头顶的吊灯闪烁不定，夹菜时竟夹空了。我望向侧面镜子里的自己：潦草的短发，在灯光下眉骨突出的影子盖住眼睛，有些发黄的白衬衫，夹空后静止的手，因为坐在小凳子上背部弧度弯得厉害。

是这样不光彩的自己。神情木讷，不爱说话，闲时只会唱歌的自己。

——你明天啊，一定要把气息把握好。千万别唱不上去，或把音唱劈了。你爸费这么大劲儿，请领导吃饭，不就想让你考上艺术生，进好学校嘛。今天又请人家喝酒，老喝，胃都坏了。

我妈把菜添进我碗里，望向我的眼睛。又说："你啊，得空再练练。美声可不是那么好唱的。"

我点点头，把脸朝向碗底。

我终于完美地唱出最后一个颤音。余光里，我妈紧紧攥住我爸的手。考官正对着我，神情很激动，简直要喜极而泣了。

他忽然大踏步走在我面前，把手搭在我肩上："孩子，你天赋很高。好好练，以后能在这方面有作为。"

他的言下之意必是我考上了。我忽然感觉特别激动，连四肢都无处安放。从窗子斜照进来的阳光，在我面前，散发出一层一层柔和的光芒。

我忽然想到昨晚镜子里的自己，木讷潦草的自己。曾经因为黑暗的巷子结下郁症，总是害怕被丢下的自己。我想和从前不一样，我想改变自己。

高中有庞大的教学楼，夜晚时匍匐在空旷的地面上，像耀武扬威的巨大怪兽。教室里灯光苍白，黑板很大，密麻写满不知名的化学式。胖胖的化学老师敲敲黑板，要学生把内容都记下来。开书本、记笔记的声音就一片井然。

虽然很不情愿，但这里面有一个我。

我照葫芦画瓢，还是不能把复杂的符号写美观。周围人都低着头，极认真的样子。我揉了揉充血的眼睛，忽然感到四下格外拥挤。似乎是我来错了地方。我本不属于这里。

然后我想起长长的巷子，那里很黑。我一个人小心地走着，唱起歌。因为害怕，声音发抖，但还是唱着，坚持唱。

原来我可以在明如白昼的教室里想起黑暗，想起长长的巷子。并且能害怕，真切地感受恐惧。

看来我真的被丢下了。

至今我仍觉得来这所学校是个错误。

就像我第一次来学校。那天我穿了我崭新的衬衫，书包也刚刷过。因为家境拮据，这些都是我央求爸妈好久才得来的。

毕竟高中是起点。我渴盼改变。不招人喜欢的自己，衣服很旧爱驼背，没有学生气的自己，在新环境中，能够改变吧。

坐定后好奇地向四周打量。教师还没来，同学之间互不熟识，有一句没一句地闲聊。后座的男生忽然拍我背，我以为他想和我认识，就摆好一张笑脸迎上去。可他忽然说："听说你是艺术生？"

他的声音不小，前排的学生都把目光递过来。我吃不准他的意图，笑容一下僵在脸上。他又问一遍，确保我听见，目光盯牢我的脸。

我只好说是。然后他就笑了，笑容很怪。小声重复了两句："艺术生。"

我不知所措，只好随他一起干笑。

教师点名时，在我这儿停顿了一下。她抬起头，很有意味地看我两眼。我怕她再问出"你是不是艺术生"之类的话，连忙把眼帘垂下。

几天前的夜晚，和初中同学聊天。他忽然打字说："我听说啊，你要读的那所重点高中，艺术生没一点地位，会很受歧视啊。"

我呆了半天，心虚地回复："别胡说。"

过了一会儿，心底不踏实，又小心翼翼地询问："不是吧？"

——这情景忽然冒出来。我很不安。只希望他别一语成谶。

十点时下晚自习。楼道里一片嘈杂，很黑，看不见路，摸着扶手向下走。

有三两男女生大叫着借过，冲下楼梯，在平地上嘻嘻哈哈地打闹。

本不该对黑暗畏惧，但我只能在黑暗中一点一点向下挪，四下很快没人了，静得出奇。我心里忽然一惊，把步子迈得很大，三层台阶一步跨下去。慌慌张张的，书包里的书好像掉了，但我无心捡，一心只向宿舍跑。

无可奈何，又很丢脸。我也不知自己在逃什么。

失眠时的夜，等别人睡熟后，拿 mp3 出来听。

声音不敢开大，怕影响别人。夜晚很安静，我睡在靠窗的位置，一抬眼能看见操场上明亮的白炽灯。星星总是稀少，偶尔能在狭小的视野内看见月亮。若月亮一点点变圆，变成胖乎乎的样子，我就很安心。

很久没练声了。歌曲开始时总想起艺术考试前的晚上，我妈在闪烁不定的灯光下，往我碗里添菜。因为座位很低，她需站起来。而后，她注视着我的眼睛说："你啊，得空再练练。美声可不是那么好唱的。"

我生活在她看不见的世界里。我一直期盼改变，要自己不再是从前的自己。在崭新的环境中，却一点点萎缩下去，不光明不磊落的，辜负父母期望的，变成了另一个我，不是自己所期望的，更不是从前的自己。

一直唱到副歌，大段明快的钢琴伴奏。歌词很好，我只能在心里不停哼唱。

> 我把唱过的歌拥在怀里
> 只在夜晚
> 他们照亮我的梦境

不小心弄出声响，邻床男生迷迷糊糊地问我在干吗。

"听歌啊。"我说。他看不见我的表情，但我把献媚堆在脸上，讨好地把 mp3 递过去，小声问他："你听不听？"

"算了吧。"他摆摆手，翻身躺了过去。

但我看到他的手，有些发愣。不知怎么特想握住。

或许在这里，我只是少了一双可以握住的手。若失望时，心底的自卑淤积太满，又找不到突破口，这手可以放在我肩上，或把我的手握住，我相信自己不会这么糟糕。

偏偏少了一双手。

从前听过一个笑话：在课上，一个好学生和一个差学生都枕着书睡着了。老师先把差学生推醒，呵斥他说，你怎么一看书就睡觉。差学生不服气，把手指向也在睡觉的好学生。老师看了他一眼，不慌不忙地说，你得跟人家学习啊，人家睡觉还看书呢。

当时觉得好讽刺。

现在想编出这个笑话的人一定亲身经历过。

上午阳光很好。昨晚因为莫名的事情心里烦躁，躺在床上翻来覆去睡不踏实。第一节在班主任的课上，大着胆子打起盹。

"那个艺术生，那个趴着睡觉的。"有声音闯进我空乏的脑袋，我听见"艺术生"三个字，便知道是说我。

我在阳光下眯着眼睛。班主任掐着腰，在讲台上走过来走过去，走过来走过去。

我不知他要怎么惩罚我。但怎样都无所谓。

我是艺术生。艺术生在这所学校里是低素质、无可救药的代名词。

班主任还在走，还在走。四下有隐约的笑声。

不知怎么想起小时候的学堂。忘记那是小学还是幼儿园，教室是一间平房，屋顶是用茅草和泥和成的。覆盖整面墙的爬山虎，葱郁的叶子，风吹来哗啦哗啦。

我觉得那是大海的声音。

音乐课的伴奏只有手风琴。黑键白键，黑键白键，呼呼鼓进的风。溶成的音乐像水一样往外冒。

那是我对音乐最初的认识。音乐就是黑键白键，就是风。音乐像水一样，能流淌。

后来教音乐的女老师点着黑板上的乐谱对我们说："小朋友，你们记住，音乐能给人勇气，催人上进。"

我记住了。音乐给我勇气。小时候陷在黑暗的巷子里，只知道唱歌，只会唱歌。

后来这事被我妈知道，她说你这么喜欢唱歌，干脆给你找个老师正儿八经地学吧。

那是音乐学院教美声的老师，五十多岁的男人，扎一个小辫子。我跟了他，站在他家明亮的客厅里。跟着他，一遍遍地"啊—啊—啊"。

最后嗓子哑了。那男人说你发音方法不对，叫我摸他的肚子。他唱起歌来肚子一跳一跳的。他说那是丹田。

我感到乏味，很是乏味。但总想起妈妈把我领到他跟前恳切的眼神，深夜时挂在门口昏黄的小灯泡。我妈把手放我肩上，拍一下，顿一顿，反过来再拍一下，说："我，和你爸爸，我们都指着你了。"

一想到这些，我就迫使自己集中注意力，跟着男人"啊—啊—啊"地唱下去。

"你去，站到走廊里去。"

班主任对我指指点点。我连反驳的勇气都没有。我站在走廊里，冷风撕扯我的衣服，钻进我的脖子、袖口。

　　我凭艺术生的身份不断毕业，再毕业。我知道自己唱得越来越好，艺术节便是自己大放异彩的时候。我站在台上，接受鲜花和掌声，四面八方的闪光灯，喀嚓喀嚓，响成一片。我想当明星也不过如此。

　　虽然很好，却也不至于叫人惊奇。

　　直到收到女生的来信。那都是初中时候的事了。

　　艺术生都有专业课。练完声后别班男生把信塞到我手里。信是粉红色的，规规整整的叠成心形。

　　"是女生的信哦。"他附在我耳边说，气流骚动我的耳廓，我的脸瞬间红了。

　　我推开他，小心地把信撕开。具体内容忘记了，大约是她知道我会唱歌，在学校很有名，欣赏我的艺术气质云云。信末要求见面。

　　那些日子天高云淡。我心里有急切的渴盼。

　　为了证明什么，我去见了她。那是下午，太阳倾斜到楼后。影子很长。我见她时心情平静。她却紧张，站在操场的角落，四处起起伏伏篮球碰撞地面的声音。

　　她是漂亮的，不停搓手，不说话，也不看我。我受不了沉默，对她说，我们走走吧。

　　那一路，或者说一下午，谁也没说话。

　　我们安静地走着。篮球撞击地面，砰砰砰砰，砰砰砰砰。

　　是谁的心跳。

　　——我告诉你们，你们别跟他学，知道吗？他是艺术生。

　　我站在走廊里，还能听见班主任大呼小叫，八成唾沫也淋到前排人的脸上。

　　大概我犯了错。

　　我怯懦地、小心翼翼地用手指划拉着墙壁。总感觉有人看我。

这情景由来已久，叫我很熟悉，我仔细回忆着。

后来又和她见过几次面，却谁也不说话，不确定分开，也不确定就这样在一起了。

这是奇怪的存在。

然而有天放学回家，我被一伙男生截住了。领头的说："你抢了我的女朋友。"

好像狗血的闹剧，我不理他们顾自向前走。他们却冲上来，对准我的肚子，我的脸，哪里都下了拳头。

砰砰砰。

撞击肉的声音。

心跳的声音。

我不敢呼救，小声求饶："别打了，别打了。"

后来他们放开我。全身都疼，嘴角流血。我勉强站着，领头的说："以后，每天都到这个地方，给我们哥几个送钱，不然，见一回打一回。"

那也是下午。和女生安静地走在一起的下午恍如隔世。

我害怕那条巷道，散在四处的黑暗，用歌声无法驱赶。

巷口暴躁的音像店在几年后拆除了。在巷子里除了安静，还是安静。

那些时日，有什么似乎是坏掉了。我要给他们钱，每天给每天给，提心吊胆。我变得不爱说话，或者说不敢说话。很快和女生断了联系，我就不再去操场。

我疑心是什么坏掉了。聚在我身上的人气消失了。那伙人见了我还是打，给得越多打得越凶。

我日渐沉默，转而自卑。坐在自己的座位上，快要腐烂了。

小时候有个女老师说："歌声能给人勇气，催人奋进。"

现在我上高中了。我站在走廊里，划拉墙壁还觉得有人看我。

我妈把手放在我的肩上，拍一下，再拍一下："我，和你爸，我们都指着你了。"

我想起小时候的自己，跟着中年男人"啊——啊——啊"。走过的巷道，想不明白的事，我想起他们的拳头，也想起我对她说："我们不要在一起了。"

想起女生伤心的表情。班主任还在班里咋咋呼呼："他是艺术生……"

有些事注定改变不了。

我看向无边的蓝天，我想唱歌，我想呐喊。

指甲握紧了肉里。

我拼命忍住，但还有潮气涌上眼眶。歌声和呐喊转而变成低低的啜泣。

"我在这里啊，我一直在这里……"

作者简介
FEIYANG

王天宁，生于1993年1月25日。对于文学：从来不敢有太多奢望。文字个人风格浓厚，认为慢节奏就是自己最大的风格。对于新概念：想起来是可以用"美好"囊括的事情。(获第十一届新概念作文大赛二等奖。)

女孩花花，男孩唐木 ◎文/金国栋

一

女孩花花，是故事的主人母，男孩唐木，是故事的主人公，我在太多的故事里都用了唐木这个名字，也许是唐木身上呢，有太多的故事了，或者说呢，世界上，有太多的唐木了，而他们，都经历着自己的故事。女孩花花，是个很普通的名字，女孩绽放，就是一朵饱满了毒汁的花，女孩含苞，就是一朵闭月的花。好了，这个故事，不要有太多的主角，因为一个人的舞台，总是只留给最深刻的一个人。这样的故事，叫爱情，人多了，或者是友谊，这年头，没有太多人相信爱情，那么我就写爱情。

故事的第一场呢，花花要写情书给唐木。是的，女孩写情书给男孩，是一个挑战。因为没有几个男孩能在字里行间看懂一个女孩。事实上，女孩是不能让男孩读懂的，读懂了，这个情缘也就尽了，女孩是一本无字的书，读一辈子的读者，是女孩心中永远的等候。但是花花要把自己的无幻化为有，让唐木来读。写情书的女孩，总是输了主动权。如果这场爱情变为战争，那就必败。

我们假设女孩的文笔很好，那么，还要假设男孩有这方面的情操，据我所知，不是所有男孩都能看懂朦胧的东西的。比如你说，我爱你走过的每一寸土地，滞留的每一丝空气，醉在你身上如花绽放的阳光。呆呆的唐木会以为，他家乡的风景不错，空气质量不错，但是如果是诗情的唐木，他会骄傲地挥一挥衣袖，不带走你的一点目光挽留。

男孩收到情书会怎么办。天啊，抱歉我是一个男孩，抱歉我曾经，收到过情书，那么，请你相信，除了少数收到太多情书的王子青蛙们，大多数人会对女孩的情书稍加注意的。其实男孩更注意的，不是你写了什么，而是写了什么的，是哪个你。女人爱才，男人不，怦然心动的，是你的名字，比情诗还美丽的名字，你写得一首好诗，多半让男人恐惧，如果你再长得很闭月的话。

唐木收到花花的情书，他认得她吗，你不要幻想一个男孩会也写一封漂亮的书信给你，如果会，那他早写了。一个男孩的春心按捺不住的。那么，男孩知道花花是谁，收到她的情书了，如果他沉默了，说明，他是不喜欢你的，但是别肯定他就会拒绝你，一个男人，很难拒绝一个女人的。女追男，隔层纸。

那我们的故事能不能走向另一个端点呢，完全可以的。唐木正好也喜欢这个女孩，但是唐木是一个害羞的男孩，然后他收到这封情书了，很开心，女孩正好是他喜欢的类型，他如同信里说的，在樱花树下等待女孩，然后两个人……抱歉，这大概是，童话。

这不是一个情书的年代，有太多东西，可以传递太多的信息。爱情于是变得很轻。一张纸能传递，不能承载爱情之轻。

二

花花的情书送出去很久了，可是呢，她并没有送走爱上唐木后心里那一双乱乱的小鞋子，在她的心里走啊走啊的，每一个脚印都是唐木的脸，这当然不是说唐木的脸长得像鞋拔子了，讨厌，怎么能有这样的比喻呢，你可以说花花啊，你今天的衣服不漂亮，但是，你不能说唐木的坏话呢。

过了一段时间，花花也明白自己是单相思了，所谓单相思，就是射线，点绑着自己的心，然后那根无所归依的线头就开始漫天飞扬了。唐木靶不给你着落，那你是再准的神枪手，你也没有分数。爱得疯了，痴了，傻了。还是不算上一份爱情，是的，我爱你，是一个人的事情，但是爱情，还是属于两个人的。

好了，我们的可怜的花花，就像蜘蛛女王一样编织着网，去捕捉唐木。但是，唐木不是苍蝇，虫子。那么，我们的花花就只有可怜的，单相思了。女孩子家哪里受过这样的委屈啊。但是花花心里会想，这是她为唐木做的，是为爱情的付出，所有的事情与爱情有所关联，就变得诗情与伟大了。

一个男人，或者女人，恋爱的第一次，喜欢上一个人，这个人也就喜欢你了，唉，说句吃到葡萄还说葡萄是酸的话，这不是完美的恋爱历史。第一次喜欢人，我们往往喜欢的，还是爱情而已，那么，如果是单相思呢，那就会滋生更多的美丽呢。

花花就沉浸在这样的痛苦的幸福中。她会觉得，这个世界是多么奇妙啊，她理解了所有的肮脏、黑暗，因为她心里有着最美好的东西，那么什么样的暗黑破坏神都不会动摇她对这个世界无比信心的留恋。

即使不会拥有，为什么就要认为女孩子像男孩一样，喜欢一个人，就要拥有呢，女孩可以用手机偷偷拍下你踢球的照片，几年后，她会很随意地交给唐木。因为照片不属于唐木，属于这几年的喜欢。单恋。

把话说得绝点，有时候人还是满贱的，因为得不到，所以格外珍惜，又因为最年轻，还能够拿出一百分的情去爱。只是可怜的唐木不知道，有一个女孩，用此生最饱满的状态去爱他呢，他还是该做啥就做啥，踢球，开玩笑，似乎男孩的童年要长一点，无忧无虑。事实上，是男孩子能够把小爱情与其他事情摆得分明。踢球的时候，即使他很爱花花，他是不会想到花花的。

而花花呢，在看到唐木的时候，也很恍惚呢，忘记了微笑，打招呼，因为这个时候，她正想念他，想得正紧呢。你说，这算什么。

世界上有一种幸福就是有一个人在无比深情地想念你，而你还不知道，比这个更加幸福的是，世界上有一个人能让你无比深情地想念，而他还不知道。

<h2 style="text-align:center">三</h2>

唐木很喜欢打篮球，也满喜欢踢足球，也偶尔会去打乒乓，甚至在网球场也能看到他的身影，哦，他的身影是最容易看见的，因为一切，包括太阳都是灰暗的，只有唐木的身影散发着清香的金光。

这让花花很迷茫，因为如果唐木专一，她会因为对唐木的坚贞而爱屋及乌的，而现在，她自己也不知道要选择哪样来好好爱了。

反正唐木踢球的时候，在旁边认认真真看着，仔仔细细微笑着的，是花花，反正唐木打篮球的时候，在人堆中，欢呼雀跃的，叫得最响亮的，还是那个在别人看来有点神经病的花花。都是花花，花花觉得自己总是不能出现在唐木的身边，而唐木呢，傻傻的他，也没有感觉到花花的无处不在。

这是幸福，也是悲哀，或者是幸福混合了悲哀，叫做哀福。

花花听说唐木喜欢在食堂三楼吃饭，那里是教工食堂，一般是不允许学生去吃的，但是就有调皮的学生过去吃，买不到菜，在二楼打了菜，端上去。花花呢，也要买了菜，走过空空的食堂，走上楼梯，走到三楼，走到唐木的身边，说什么，楼下太满了？花花想过很多次，然后她也替唐木想了要有的反应。

花花觉得这个时候，她的想象力就像犀牛一样奔跑在她的脑海里，她都有点受不了她自己了。

唐木穿了一件黑色的衬衫，她就去买了一款很匹配的白色衬衫，但是就是不敢穿，她觉得自己还没有得到允许，然后就不能那么张扬啊。或者说，她想，有一天，给唐木一个惊喜呢。这样想着，她就幸福死了。

你看，这就是女人，爱都爱得那么浪漫，那么细密，那么锦绣，你看，这也就是男人，连被爱都那么麻木。

或者说，他们都在校门口排队买一款甜点，唐木扭头看到一旁焦急的花花，然后看看摊位上仅剩的一块糕点，说，同学，这个让给你吧。更绅士一点的话，唐木还替花花付钱了。但是，唐木不知道，花花最讨厌这样的糕点，不过唐木更不知道，留给花花的她无比讨厌的甜点，花花会用最樱桃的小嘴，最充满着爱意的表情，慢慢吃完……

四

花花好不容易要到了唐木的手机号码，我们不要管怎么要的了，只要是在学校里，只要这个人有手机，只要你真的想要，手机号码还是能够要到的，要知道，手机号码又不是唐木本身。而且，你要走了唐木的手机号码，还给他发信息，这就正好能够满足了唐木作为男孩子的虚荣心呢。

那么，我们就不深究花花要到手机号码的过程了，而是要到了之后，要到了总要存起来的，存起来总要有个名字的，但是不能直接就存唐木的名字吧，反正花花的直觉是这样告诉自己的。那叫什么呢？小王子？不行，太抬举他了，虽然他笑起来真的让阳光都亮了起来呢，但是这小子，说他好，指不定就飞了起来了。看他那个笨样，那就叫笨笨好了。嗯，那就叫笨笨。

可是，手机号码记在手机里也不怎么安全啊，万一手机掉了呢，或者手机坏了呢，所以，还是记在脑袋里比较保险，这个破唐木，手机号码一点规律都没有的。害得傻花花记了一个下午，记得这个号码都在花花的脑袋里扎根了，想赶都赶不走了。

好了，你记住唐木的号码再深刻，也不会让唐木有一点点感觉啊，重要的，要么打电话，要么发信息啊，电话是不现实的，那么就开始发信息吧。

第一条信息最难发了。

比如：你是李光吗？这种是属于纯粹假装发错了。然后对方说，啊，不是啊，我是唐木。如果真的这样，那就可以继续发了。啊，你是唐木啊，真有缘，我一直想认识你的。

比如：啊，我的唐木之类的，直接把唐木雷倒。

其实我想，一般花花会选择自己认为最保险，也就是最普通的方式，唐木，你好，我是某班级的花花，我很想与你做个朋友呢。

好了，这不算一个很漂亮的短信，但是至少也是中规中矩吧，那么，接下来的事情，就是等待了。

真的，这种感觉是真的真的太难熬了。你希望你的手机直接死掉了，这样就把所有的可能都推给未知。但是如果真的你的手机没有电了，花花也许恨不得直接割脉给手机灌血呢。手机是震动模式的，会很在意一点点的摇晃，总觉得一切都要安静的，然后地动山摇地来了，幸福了，开心了，这辈子完美了。

等到睡觉的时候，也没有收到唐木的信息的话，那么，就已经绝望了吧，不过不会关机，这一晚，手里握着手机，睡得很浅，甜蜜地等待，直到绝望。

五

花花对唐木巨大的热情在唐木无比的冷漠下逐渐消退了，唐木像是一堵软绵绵的墙，拳打在上面，被吸收了，渐渐的出拳也缓慢、无力了。

只是这一天，天空一如既往地蓝着，太阳像寻常时候一般灰亮。花花走上了公交车。这本来就是坐一次车，但是花花日后的人生回忆起来呢，这就是她人生的转折点。她也许会抱着没满月的孙子，一脸甜蜜地说，你知道吗？那一天，天空是特别特别的蓝呢，蓝得像是有人洗过了一样，太阳呢，羞红了脸呢，至于为什么羞红脸，哈哈，这个奶奶啊，等你长大了，再告诉你噢。

我们不妨暂时不说日后奶奶花花的故事，还不如先说说现在少女花花喷香的故事吧，花花这一天，RP 特别的好，上车不仅看到了唐木，而且，当时，这个车上的情况是，车上已经没有空位了，当然了，唐木旁边那个可爱的位置，还是空着的。

人一辈子总要大胆一回的，特别是，在你要大胆的时候，你就想，这件事情，有没有触犯法律，有没有违背道德？没有？那好，你就去触犯吧。当然了，花花那个时候有可能想到的并不是这个，反正在你要做让自己心跳的事情的时候，你自己能够把自己说服就可以了。

好了，花花干净利索地坐在了干净明亮的唐木身边了，花花如果邪恶的话，她宁愿这个时候，就出车祸了，就死掉算了，还有什么意思呢？如此亲近的位置，如此真实的接近，还要再奢求什么呢。

花花本来想说，唉，你也是春城高中的啊，但是很不幸的是，他们都穿着校服，这样的话，疑问句就成了陈述句，太有勾搭人家的嫌疑了。

所以花花选择的是，你是几班的啊。

这样就比较好了，这样已经默认了我们是一个学校的。有种既定的熟悉，不是这个车上谁都可以这样与唐木对话的，只有我，只有我花花,可以很随意地 (当然是看起来很随意的啦) 问,嘿,你是几班的啊。

这就是无比的光荣，与自豪。

唐木略有意外，但是他还是很有礼貌地回答了，我是某班的。

这种礼貌让花花在三分钟内都细细品味着，说不出话来。但是就在这个不说话的空当，有一个老奶奶蹒跚着过来了，唐木干净利索地站了起来，那么，就让我给这个奶奶让座吧，他王子般微笑着说。

六

不能再这样下去了，花花还是要学习的，因为受挫，她突然开始学着劝慰自己放手了,劝自己放手去爱是很容易的,因为有太多的情歌,有太多的故事在赞扬着爱情,甚至是自然界的美丽都会被你联想到爱情边上去,但是放手离开,太难了。

现在最最重要的问题是,你手里还没有抓着唐木呢,你的手,只是伸在空中,空空地颤抖。

好了,花花,我就说几个理由说服你吧。

唐木这样的小白脸,你即使追到手了,也难以保留,就像开店容易守店难啊。

唐木这么晃来晃去,四处招摇,竟然还没有女朋友,那个取向估计有问题,你身为女孩子,就不要去凑热闹了,你没那个资本啊你。

老话说得好啊,两条腿的蛤蟆不好找,但是两条腿的男人多的是啊,再给你一个诗意的,不要因为一棵小树,而放弃了整片森林啊。多诱惑。

你想想你的母亲吧,供你读书,麻将都少打了,你好意思背着她做肯定要让她伤心的人吗?啊?!

最重要的是,唐木不要你啊……

我们的花花是勇敢的,智慧的,聪明的,所以最后,她还是选择了放手,但是她没有收获吗?有的。她的文笔见长了,我们不妨看看她写的一篇小散文,作为这个故事的结尾吧。这篇散文的题目叫,《你不愿停船我的守候》。而唐木呢,坐着船,游荡在深深的太平洋上呢。

七

百花,千雨,万年,纷纷的晚霞,凌乱的草襟,带着炊烟身姿的蝴蝶飞。我的梦境,巨大,虚无,饱满了最空旷的名字,你的名字,我的呢喃,我们的若隐若现。

我想,我说,我写,我爬上了长如河流的纸张,我写下泪洒空夜的寂寞,可是谁都看见我的难过,却感觉不到针流向大海的无声。

黄色,蓝紫色,绿色,颜色都有自己的灵魂,我的,五颜六色的犹豫。

天空的一半，放飞着童年的无忧，大地的深处，长草淹没了举手做誓的画面，定格，如果今天的我，明天的我，能面对面，我会不会有着无尽的后悔，但是我的选择，像是没有尾巴的蝌蚪，撞入黑夜。

请不想再哭，哭不出来还是好的，我不想说着说着泪就模糊了视线，我不想说着说着胃就与心一起作痛，我好喜欢麻木得那么坦然，我不想你又在我的胸中，锤锤敲打我的坚强。

我奋不顾身，可是我没有勇气一如既往，我的诗句里尽是答应，与自己，与你，可是你没有在乎，给你的，你不在乎，那就是没有了生命。我开始比自己的难过还要灰色，我已经死去了，百花矮矮地拥抱，千雨层层低落，万年是我给的终点，但是在这条路上，我留下了停住的脚印。

如果这就是爱，如果这就是想你，如果，为什么每一天，我都有新的想你，永不疲倦，缓缓前进。想你，想自己，想自己那么多的时候的想你，像是卷起皱纹的花瓣，清脆，爽朗，明净。

人说花花最为幸福，迁就着我的人们，因为永世的难过，因为幸福的表面下是深深的浅浅的不幸福。我愿为凡人，守着小小的温暖，属于自己的温暖，可是我连凡人都不是，都不能是，因为遇见你，我的生命，就狂风，暴雨。

我想，我要安安静静，比安静更加沉默，我伤害了很多人，因为怨恨对于我的侵犯，弥漫全身，我有恨，但是它的源头是爱，我有你，可是你的生命里，我只是过客，你不愿停船在我的守候。

我有什么，我，好小的我，站在你的面前，我小到土里去了，小到不见了。那么，我就觉得我在这个世界上是消失了的，是死了的。百花妖娆着，呼叫着，招蜂引蝶。千雨像是精灵的小伞轻轻的，万年的三生石上有着你的余温。

请相信我的爱，是那么勇敢，但是我不够勇敢，你不够勇敢，我们都相信命运，你是我的天使，但是你，但是你，但是，你不给我保护你的机会，亲爱的，那也是爱情，只是我一个人，手足无措，因为我，是真的爱你。

　　我会选择放弃，我放弃不了的，是自己，这一天，天空出奇的安然，蓝色的云朵暖暖的，趴在我的心上，我看见千万个我，向一个方向走去，那里有什么我不知道，还有一个我，停在江南，那里花开正暖，雨落恰紧，万年一瞬。

作者简介
FEIYANG

　　金国栋，昵称果冻，男，浙江台州人。最爱足球，喜欢拜仁，曾与卡恩竞技，罚进点球一。(获第十一届新概念作文大赛二等奖。)

透光  ◎文 / 王天宁

　　深夜时手机"滴滴"地响起来。几个室友发出嘟嘟囔囔的抱怨声。下铺的人翻身，吱吱嘎嘎，他躺在床上，感觉晃得厉害，赶快把手机压在枕头底，又胡乱摁了几下，声音才止住。

　　是手机报，几天前订制的。那时他心里乱，全校排名连同月考成绩一起发下来，他把手扣在一起不停祈祷，可还是在顶后面看到自己的名字，与名字相关联的是一串不太可爱的分数，吊儿郎当，无比孤寂的杵在那里。

　　恰好通讯公司发来讯息，询问是否订制手机报。他想也没想就回复了"是"。第一份手机报在半夜发送来，点开是大大的标题，后面跟着小括号，标明了"测试版"的字样。

　　拇指在导航板按上来按下去。白花花的屏幕，按上来按下去，无意义的文字，缩略图很小，看不真切。最后一行是天气预报，他的手指在"明日气温"止住了。

　　-8℃

　　他在被窝里缩缩身子。有人睡着了，发出类似食草动物反刍的声音。

　　"你明天来吗？"他把头埋进被子，一个字母一个字母按着："明天零下八度，给我带厚衣服。你也多穿点。"

　　他犹豫了一下，想了想，长按取消键把后半句删了。

发送区域的收件人，显示的是"妈妈"。

白色的小沙漏反过来倒过去，反过来倒过去，"发送成功"的字样跳出来，屏幕一会就暗了。

他把手机放在枕边，等了好久，却一直没亮起来。

四下是浓郁的黑暗或者空虚，男生跑鞋臭哄哄的味道。窗户上蒙了整片水汽，远远看去像是雾。

他转了转因为久盯手机僵硬的脖子。它还是没亮起来。

舍友的呓语传来，模模糊糊，像遥远的叹息。

隔天他很早醒了。宿舍温度低，他把身子缩成一团，很冷，鼻尖冰凉。风掠过窗户，外面的天与地紧紧包裹，像密不透光的躯壳。

他小心不弄出声音，在洗手间收拾妥当，趿着鞋拖着包离开寝室。中途有人醒了，嘴里吧唧着，揉眼，看他。在他关门的一刹，听到里面的人哼哼地骂了句什么，又重重倒在床上，老旧的双层床发出"嘎吱"的声响。

有雾，厚重的大雾。前方什么也辨不清。他奇怪风天怎么会有雾，拉高了外套的衣领。好在教学楼离宿舍不远，半路手机又"嗡嗡"地振起来："我已经坐上长途汽车了，估计中午能到。"

发件人是"妈妈"。

他看了看手表，还不到六点。他在弥漫的雾气里停住了，想回她讯息，补上那条"天冷，多穿件衣服"。但权衡再三还是放弃了。他不知这是怎么了。

教学楼并行的四排窗户，多露着灯光。在雾气里被渲染成水淋淋的星。

一些起了皱的光。他脚下是平坦的大理石路。

心提了一下，再提了一下。刚洗过的脸在风里被吹得生疼。左右有人擦着他路过，多是捧着早点匆忙的吃。

他感觉冷，好像雾都随着风灌进他衣领里了。教室里的灯光轻的没有重量，像星星一样，被风吹上天，然后又轻飘飘，轻飘飘地落进他眼底了。

清晨的灯光在他眼里摇晃着，晃过整个早读。四周响亮的读书声，他捧着一本历史书，视线一直在那几行停着，看不进去。手机躺在裤子的口袋里，他不时摸一下。他想它震起来，又怕它震起来。

他读的学校是有名的重点，生活苦，校规极严。学生不准带手机。

可是有人带，偷偷带。他也偷偷带。却不敢打，不敢让同学知道，室友也不行。寝室里几个孩子都是农村的，总和他格外生分。他明白那叫距离感，自己的城市身份和他们的乡下身份拉开的距离。与家人周末来看他不同，他们的家人从没来过。

他们以为他娇惯，自私，便不与他往来，住在一间房，却很少说话。

他没辩解，甚至没想消除彼此的误会。他一个人，觉得似乎是被孤立了，从此他的世界便叫中午被日光照亮的路，午夜的月亮，晨起将灭的路灯填满。

自己的世界很安静。自己一个人没什么不好。

天逐渐亮起来，太阳在天边露出狭长的一片。有光照进教室，落在他捧书的手上。他看看皲裂的手背，眼底里还有光，还有光，看哪都青青的一片。

他有点恍然，似乎回到小时候太阳初升的早晨。上高中后他的感情忽然丰富起来，老是想起小时候，做同样的梦。梦里蹲在长满冬霜的芦苇地里，明明是冬天，风很大，但芦苇却疯狂地拔节生长，庞大的绿色海洋，几欲将他淹没。

梦里的冬天是不冷的。后来母亲也来他身旁，比现在年轻的样子。他们一起蹲着，蹲在茂盛的芦苇地里。太阳升起来，照在苇叶上一层层复杂的光晕。他们脚下潮湿的土地冒出一缕缕水蒸汽，在朝阳地里，映出柔软的影子。

这是周六，没有课程，学生都在教室里上自习。他不知母亲的车开到哪了，晓雾散去后路面会不会很滑。四周很安静，人都伏在桌面上读书。若配上黑暗的背景色，就是小时候没有星光的夜。

小时候的夜是平缓的。多年以后他回想起来，觉得那时候的夜大约充满水一样柔软的暗质，夜是会流淌的。

然而他怕黑，自小就怕黑。他缩在自己的小小床上，感觉那些神啊鬼啊，摸着他的脚脖子，扼住了他的手腕。他就尖叫着冲向母亲的房间。

母亲的床让有人心安的氛围。他的眼睛适应了黑暗，周围像白天一样清楚。窗台上的花，吞吐着屋子里的气息，微微颤动一下。地板上的拖鞋，立在墙角的衣柜，似乎都开始动起来，都动了起来。他便不安分，蹬开被子，要和他们一起动。

母亲使劲按住他，要他睡觉。似乎只是一小段时间，很快拖鞋衣柜们都安静下来，他一直奇怪母亲难道看不见他们吗？流动的夜灌进他的眼，灌进他的耳，他沉浸在自己漫长的呼吸中，一会儿就睡着了。

上午统共四节，前两节他几乎什么都没干。把笔拿起来又放下，拿起来又放下，总是心神不宁。风夹带阳光在窗外呼啸而过。"要是下雪就好了。"他想。

后来忍不住，他把手机拿出来，用厚重的英语书挡住，注意四处的动静，用小指按字母，给母亲发短信。

"你到哪了？"

没有称谓，措辞一向不客气。说实话，他打心里不希望母亲周六来，他倒希望父亲来，但父亲是忙人，天南海北出差，一年见不了他几面。母亲来的时候总是攀着教室的门缝，轻声轻气地叫他："小茗——"

教室里的人都捂嘴偷笑。也有人阴阳怪调学母亲叫他的名。

他感到厌烦，很是厌烦。那些嘈杂的声音，连耳根都被吵得燥热。

然而他却不知该将厌烦指向谁。是同学，还是母亲。

他也曾对母亲分外依恋，父亲不在家的时日里，她便是支柱。

那也是小时候的夜，第一次因为受凉抽筋。他被疼醒后，摸到小腿上的肌肉像虫一样四处蠕动，最后全聚集到小腿上半部分，郁结成块。他不知那是抽筋，以为腿要断了，大嚷大叫。母亲赤脚跑过来，给他搬腿，把他抱在怀里，给他抹眼泪。

她的怀抱是叫人有安全感的气场。他疼得睡不着，母亲抱着他到天亮。她的怀抱，叫人平静，叫人放松，似乎是用光填充的，包围他整个童年。

手机又震起来了。嗡嗡嗡嗡。

他把手机插在裤袋里，只露出明亮的屏幕。

"我马上就到了。"

他不说话，也不知怎么回复。脑袋里乱哄哄的，嗡嗡嗡嗡，全是手机细碎的震动声。

他想那个时刻就要来了，母亲搭着门缝，叫他的小名。然后满屋子都是"小茗小茗"的乱叫。他感到羞耻，厌烦，还是厌烦。

他曾经给母亲发信息说周末不要来了。

"你别管了，"母亲回复道，"不麻烦的，该买的都给你买了。"

她还以为自己是怕她麻烦呢。她老是这样以为，老这样自以为是。他还记得初中结束的夏天，他拿到自己的成绩单后手一直抖，母亲却强颜欢笑，几天之内办好各种手续，对坐在房间里发呆的他说："我带你，去丽江走走吧。"

他不愿去。那年夏天雨水很多，他所在的城市到处都发霉，缭缭绕绕的霉味让他头脑发晕。丽江又能好到哪去，即使有阳光也是浸了雨水的，会浇他一头一脸。

然而最终还去了。母亲晕车，坐在大巴上吐了一路，虚弱至极时还不忘指着窗外叫他看。他看到了，蔓延好几里的黄色小花，公路两旁簇着巨大的花田。阳光从云朵里漏出来，不是一泻而下，而是真正的光线，笔直的，能看到明亮的光路。

他想，哦，这就是丽江。丽江古城，潮湿的小房子，阴暗的巷道，路边摆摊、穿少数民族服装的姑娘，丽江也下雨，也发霉，但在他去的那几天，阳光一直很好。

最后一天他却和母亲起了争执。在拉市海，他们坐在有船公摆渡的小舟上，他和船公交涉好，要划着桨让母亲给他拍照。身后是望不到边的干净水面，他站在船头上，船摇晃，他也跟着摇晃，晃得更厉害。

母亲说："你别站那么高，掉下来。"

"没事没事，"他挥挥手，冲母亲说，"你快照啊。"

"你先下来，"母亲仍坚持，"下来再照。"

他又感到烦，很是不耐烦。她总是自以为是，不尊重他的意愿。他把桨扔到舟上，"不照了，"他说着，从船头跳下来。"不照了，"他重复一遍，"愿照你自己照吧。"

母亲举着相机的姿势僵在那里。一会儿才慢慢把手放下来。她冲船公尴尬地笑笑，把桨拿起来，递还到人家手里。

之后他与母亲坐在船的两侧，他背过身去，不看母亲。

"喀嚓。"他听到一声，混着水面上的凉风。

"喀嚓。"

又一声。

他转过身，看到母亲向着宽阔的江面，对着空无一物的江面，"喀嚓喀嚓"地拍起照来。

"小茗，小茗……"

他听到他的名字了。门被扒开小缝，母亲向里张望，用手抚额前的头发。

他立马站起身，拽着书包晃晃地离开教室。还是有人笑，一直都有人笑。他觉得自己像个小丑。

风很大，母亲鼻子红红的。她揽着大包小包，还要帮他提书包。

"你给我，你别动。"他小声说，后退两步。又把几个包从母亲手里扯过来。

"走吧，去食堂。"风吹过来，母亲的头发还是很乱，她抚了两下，对他说。

他在母亲身后，总刻意保持一点点距离。母亲似乎觉察到什么，回头看他两眼。走两步，又回头看看。他把外套拉链拉到下巴尖，把眼睛深深地埋下去。

吃饭时母亲话多起来。她给他带了鸡翅，满满一大饭盒。打开时冒着热气。

"吃，快吃啊，刚给你做的，趁热啊。"她絮絮叨叨地说，用筷子夹到他碗里。看他咽下去，又不停问，"好吃吗，好吃吗？"

絮叨。絮叨。叫他厌烦，难以忍受。

母亲坐在那里，似乎胖了。脸上的肉很软，下巴也有两层。他一直奇怪父亲是怎么和母亲在一起的。他是有情调的男人，出差时总不忘寄来明信片，鲜艳的颜色，烙印着当地浓郁的民族色彩。

而母亲呢，母亲呢？她的手在日复一日的洗涮中变得粗糙起皱，她隔三岔五要去染发，发根萌生的白色，从没停止过生长，她精心于一分一毫的钱，占一点小便宜也会沾沾自喜很久。

她就是小人物，无论怎么说只是小人物，自以为是的小人物。不甚磊落，与光明绝缘。

他不知究竟是什么变了。小时候他以为母亲的床很安全，她的怀抱很温暖，但现在不同了。他又想起夏天的丽江，她为什么对江面拍照，为什么忍气吞声？

到底哪里和从前不一样了？

到底是谁变了？

这个城市没有丽江厚实的云朵。阳光一泻而下，母亲坐在那里，坐在光里，眯着眼睛看他吃饭，像是睡着了。

母亲离开前，在宿舍楼前的空地和他聊天。风很大，阳光很刺眼。他缩着脖子跺着脚，不耐烦地听母亲一遍遍重复琐事。她说一句他点一下头。他想让她快走。

"手机还有电吗？"母亲问他。

"有的。"他答，想掏出来确认。但忽然看到班主任向这边走来，他赶忙把手机往口袋里按一下，再按一下。

"老师好。"他眼皮垂着，毕恭毕敬叫道。

母亲忽然意识过来，转过身，脸上的表情变得很恭敬，甚至有些献媚。她迎上去，和班主任握手，问他："我们家小茗最近怎么样啊？"

老师便和母亲聊起来，说他懂事啊什么的。母亲赶忙补上两句："是老师教得好。"

两人互相夸着，他就站在那里。他感觉很无措，手脚也不知往哪摆。

后来母亲大约是兴奋，兴奋得过头，对班主任说："小茗给我发信息说老师您一直挺照顾他的……"

他的血一下子涌到头顶，清晨那一片光又出现了，晃啊晃，青色的，在他眼底晃啊晃。他都快站不住了。

他仔细留意班主任。班主任似乎皱了一下眉头，又似乎没皱。他一直胆小，小时候怕黑夜，怕鬼，现在怕嘲笑，怕训斥。他怕班主任没收手机，训斥他。

班主任很快走了。他确保班主任听不见，冲到母亲面前，冲她吼："你胡说八道什么啊。"

母亲很诧异，没反应过来。他又吼："说什么我给你发信息啊，你还怕他不给我没收啊。"

"啊。"母亲用手捂住嘴，"我忘了，我怎么说出来了。"但随即她又把手放下，拍拍他的肩，"没事，你班主任没听见。"

"什么没听见。"他闪开，再后退一步，"上周刚没收一人的手机，叫他回家反省了。你别给我添麻烦了行不行。你是不是嫌我事不够多啊。"

最后他把行李箱的伸缩柄扔给母亲，行李箱装满母亲带给他的东西，都没拿出来。"你走吧。"他说。

母亲的手在空中，抓了一下，又抓了一下。抓空了，伸缩柄摔在地上。她的手凝在那里，安安静静，不知所措的姿态。

"你走吧。"他又重复一遍。转身离开母亲，向宿舍楼走去。大约过了很久，他听见母亲拖着沉重的行李箱离开了，在不平整的道路上，发出"咕噜咕噜"的声音。

他忍着，一直确信母亲走远才往后看。母亲拖着箱子，身影逆光，一片黑暗。

咕噜咕噜。

咕噜咕噜。

他朝宿舍走去，洞开的大门，向外涌出潮气。他走进去，好像再也不能出来似的。母亲应该走远了吧。他忽然想起她的手，粗糙的，被风吹红的，停在空中不知所措的手。

他有点想哭。

他太渺小了。

回寝室后他躺在床上一言不发。他想究竟是谁变了，究竟什么不一样了。

据说母亲当姑娘时不是这样的。她没这么好的脾气。她和他一样，胆小。但又不一样，她怕的是虫子。同时她又野蛮，不讲理，好和人吵架。

但有他后，母亲脾气越来越柔顺。她不再怕虫子，家里有潮虫爬的时候，她毫无惧色地用卫生纸捏起来，扔进马桶里。

他又想起她母亲为他的成绩强颜欢笑，带他去丽江，叫他看花田。母亲在拉市海拍的照片，洗出来后除了干净的水面，他还看到了自己的脸。他坐在船上，在阳光下眯着眼。他不知这是母亲什么时候拍的。

她在雨天冷天会发短信叮嘱自己多穿衣服。

她每个周末要坐好久的车来看他，给他带吃的，即便已经看到儿子眼中的抗拒和不耐烦。

她是小人物，是自以为是的小人物，但为自己安排了生活，安排了未来。

她是小人物，但她也是他妈妈。即使不被谅解，被怨恨，也毫无怨言。

似乎是变了，但想想仿佛又没变。一切像拉市海上空没有定数的云，飘飘荡荡，飘飘荡荡。

—8℃

他又想起昨天手机报里提到的最低温度。他犹豫了一下，但马上编辑了短信："这两天一直在降温，多穿点。"

收件人是"妈妈"。

做完这一切他把手机放在枕边，他等着它亮起来。他知道它很快会亮起来。

寝室里有人睡着了，发出类似动物反刍的声音。

眼底的光，晃啊晃，晃啊晃。

他趴在床上，努力支起头看到天上潮湿的大太阳，感觉全身都软了下来。

作者简介
FEIYANG

王天宁，生于 1993 年 1 月 25 日。对于文学：从来不敢有太多奢望。文字个人风格浓厚，认为慢节奏就是自己最大的风格。对于新概念：想起来是可以用"美好"囊括的事情。（获第十一届新概念作文大赛二等奖。）

第 4 章

水月镜花

如果遇见你是一个梦，我宁愿自己永远不要醒来

两生花  ◎文 / 柴梦婕

望是双生，同归于寂。

他会想起她，想起她手指的冰凉。她的手指纤细苍白，在天空中划出透明的伤痕。他便有了一个只有靠死亡才能愈合的伤口。

时光的手指光滑而修长，指缝间渗出晶莹的水珠，如音乐的圣泉刚刚流过。冥灭的烟火，自指间跌落。

她将头浸在冰凉的水里，她无法呼吸，眼睁睁看着自己慢慢失去光线和声音，也就在那个瞬间，她的脑海和心里，出现最美好最沉静的幻觉。那种幻觉就好像是死亡。

她曾问他，是不是没有了时间，我们就能永远在一起。永远到底有多远呢。她沉在水底，她说，我会变成一条鱼。

可是海水太冷，我无法呼吸。它会淹没我。

她仅是想找一个地方安置自己的灵魂，可是她停留在那个伤口里得不到救赎。她是鸦片缭绕中的女子，倚在胭脂色的旧梦里。他醉的甘愿，她走得牵连。

但相守，实在是太过奢侈。她等他十年，于是他成了回忆里的飞灰。青梅竹马的过往，令她于他的记忆里，永远是那个安静游离的女孩。

人生无奈。我们都曾是简单快乐的孩子，但是世俗的一切渐渐地把我们的那层原本的纯洁一层层剥下，直到无法呼吸却还是要呼吸。于是我们选择游离，我们都

曾相信过永恒与真诚，最后还是被覆盖。

她的生活就像黑白照片，寂静的，不属于这个喧嚣的世界。

她蹒跚着岁月，眉间眼角全是尘灰的痕迹，爱情在岁月中没有成长，只有埋葬。她说她会变成纸人，投进坟墓里。她要埋葬自己。

他们吞下鸦片殉情。连死都是那么奢侈，吞鸦片，混合着爱情，你一口，我一口，分食殆尽。也不知鸦片和爱情，究竟哪一个更毒。他们就这样一直抱着，面对着面。她看着鲜血从他的口中淌出，他惨白的唇被染红了。她用手绢替他擦下那鲜红的颜色。一瞬间，那艳丽冷凝感的东西从她的口中流出。她抱紧他。他们就这样互相目睹着对方为自己的牺牲。残忍却美丽。

很多年以后，他伫立于她的墓碑前，泪流满面，想象曾经那个喜欢蝴蝶的小女孩，她对他说，我和我的蝴蝶在这里住。他的唇在她额头轻轻一点，她的泪沿着精致的面庞静静滑落。

安，别怕，我会和你一直一起，你不会寂寞。

她问他，那我们死后还会在一起吗？

世界不符合她的梦想，所以她剩下的只有大片大片的幻觉。可是他还是把她独自丢弃在冰冷的坟墓里。他明知她会冷。

其实他们是一类人。都是生活在幻觉中的人。寂寞而绝望。

时光，在伤口上舞蹈，像屏风上的褶皱。她一个人沦陷在时光的伤口里，她在那个伤口里匍匐前进。

她闭上眼睛，跪倒在地上。

死，是那么孤单的字眼，轻轻触碰，任何人都会破碎。

血色的残阳映照出嫣红的浮光，红，像唇上滴血般怨毒，在晦暗里漆黑中那个美梦，从镜里看不到的一份阵痛，像红尘掠过一样沉重。

她的灵魂是透明的，那样空，又那样重。她流着泪对他说，请你带我走，到接近灵魂出口的地方。

可我们无路可走。

这个世界仿佛是空的，无路可走，只有她一个人听自己说话，然后是盛大而凄美的幻觉。她说，我的世界是寂静的，容纳不下别人。她沉溺在水底，她感到窒息，可她找不到出口。

她问他，是不是没有了空气，就无法呼吸。

他只是牵着她，用红线缠住她的小指。他说胭脂是陈了，都是年少意气的灰末。他为她擦净嘴角多余的脂粉，他流着泪为她勾眉。兵荒马乱的年代，她是他唯一值得的存在，亦是他心中那道最绝色的伤口。他们在苏州河旁的一棵榕树刻上了字。

每一片落叶都有故事。她曾问他自己是不是春天的落叶，春天的落叶才是悲哀的。

在自尽的那个晚上，烟灯缭绕。她对他说，我的灵魂来自很遥远的地方，它一直在召唤我回去，所以我不会在这个世界停留得太久。这个世界不符合我的梦想。

我一定会比你先走，因为我怕一个人孤独。

很多年以后，他已不再是那个风度翩翩的少年，娶了一位富家女子为妻。在命运的轨迹上，他遇见蓝，跟安一模一样的女孩。他知她埋于冰冷的地下，可就在蓝回眸的一瞬，他的心还是无助地疼痛和窒息，仿佛揭开了那道陈年的伤口。那一刻，他便知道，原来这么多年，他还是忘不掉她，她深深地刻在了他心底。

她就像一个灯影戏偶人一样慢慢映在了光线交会的终点，就像一个不切实际的忽然的声音流到了他的梦里。

蓝是病榻上吸鸦片的病美人，会在胭脂色的黄昏里唱薄醉一般娇软无力的昆曲。她在枕边放了一本《圣经》，她说她每天都会和上帝对话。

他年长蓝很多，可是蓝还是甘心做了他的情人。他深深地迷恋于她，满足她所有不尽情理的要求。她像一个贪婪的孩子，将他的家财肆意荡尽。他还是不忍怪她，愧疚也好，伤痛也罢。

她常抹淡紫色的指甲和口红，她点燃一只烟，吐着灰色的烟圈，生命就此沉沦，直到化为灰烬。

他看书时，她会盘上他的大腿，她说，我是一条毒蛇，是你上辈子欠我的，我是来讨债的，情债。或者她会环绕着他的脖子，她淡淡地说，我喜欢吃毒药，越毒越好。

他紧握她冰凉苍白的手指，连指间都是疼痛的。

她总是逃脱他，他知道她的灵魂不属于这里，他知道她总有一天会离开。

他的妻子找到她，先是深深的惊愕，太像了。她还是不断地骂她狐狸精，一个巴掌打过去，她的脸上印出血红的掌印，嘴角渗出了血。蓝还是妖艳地笑，你什么时候变得这么客气了，你今天怎么没有带鞭子来。

时光像最奢侈的烟火，将他的生命燃成灰烬。他以为上天把安再次还给他，可她不是安。那一夜，他梦见安，安流着泪轻抚他的面庞，那是张爱玲一个最苍凉的手势。她对他说，说好了一辈子，怎么就散了呢？你说过烟花只会谢不会散，没有你，我不会死，我只是凋谢。我不曾来过，我只是你们的幻觉。

你一定要娶一个喜欢烟火，喜欢摩天轮，喜欢蒲公英的女子做新娘。

他问蓝，你的前世是不是叫安。我的目光可以穿越时空，前尘如幻海，你一定是上天派来让我赎罪的。她转过脸望着他，她从未如此认真的注视过他。

你，说，安？你真的——还记得她？

人不醒，梦才会继续。人若是醒了，梦就散了。如果遇见你是一个梦，我宁愿自己永远不要醒来。睡去了，很多年，夜晚绽放昼亮。

那是他第一次看到蓝流泪，他亲吻她的泪痕，她像一个受伤的孩子，躲在他的怀里。

下辈子，我们一起去种花，曼珠沙华，据说能唤起前世的记忆，我要让你想起，前世。

蓝流着泪说，如果我死了，请不要把我的骨灰撒向大海，那是一个让人哭的地方。我会变成一条鱼。我姐姐以前一直想变成鱼，可是她直到死，也逃不出那张宿命的网。

那就用一世纪轮回的时间，遇见一场烟火的表演。

它会在每个灯火流离的时候上演，就像惨淡月色底下的一捧新雪，到了捧出来的时候就化掉了，留在掌心上一沁清水，从指缝里像生命一样不经意地漏掉。

终日与烟灯为伴，烟雾缭绕的时候，任何事情都可淡忘，连尚在人间这个事实都可忽略。他放她躺下，他看到她的身体上满是伤口，刀疤和烟头烫伤的印痕，他心痛地亲吻那些伤口。没有受过伤害的女孩，是不会爱上伤口的。她久历沧桑，或许只把他当成一处停歇的港口，她终会离去。

她问，是不是没有了黑暗，就无处躲藏。

那只蝴蝶，因为背负了太多的沧桑，所以注定飞不过沧海。他们是生活在天堂上的天使，如果有一天跌落下了天堂，那么便是死亡。

蓝说，你知道吗？我姐姐死时做了一个梦，梦里有天堂。她总想把天堂搬到人间，但这是不可能的，因为天堂只有一个，所以她一难过就走了，再也不会回来了。

一张烟榻，一对依偎的身影，空气中弥散着腥甜的鸦片清香，他们一起吸食鸦片，陶醉在升腾的云雾间，"如梦如幻月，若即若离花。"

他终于为她家财荡尽，妻离子散。为了爱情，他亦曾用尽了一辈子的勇气死过一次，却被鸦片榨干了生命中所有的精华，活着不如死了。

她只是冷笑，其实她一直盼望这一天的到来，可是她却措手不及，她吃空了他。

他跪地行乞，他不想失去她。

他已被毒魔死死地缠住，可是他再没有钱去买她下过毒的鸦片。当毒瘾发作时，他周身冷疼，就如万蚁啃咬般，全身的关节像是被人用一根根钢针不停地狠扎一样疼痛。炼狱般的折磨，令他痛不欲生，他用力拉扯着自己的头发，撕扯着自己的衣服，不停地在地上翻滚、嚎叫，直至声嘶力竭、不能动弹为止。

她站在苏州河旁的那棵榕树下，用冰凉的手指触碰树上刻的字，仿佛在触摸树的伤口。内心的疼痛，像蓝玫瑰一样绽放。她说，时间是什么，是不是一条寂寞的会淹没我的河流。

我是一条无法呼吸的鱼，困囚在时间的河流中，身体停留在现实，灵魂却在隔世观望。河底的荒漠还开着花朵，幻化成姐姐的影子。我躺在河底，眼看着潺潺流水，粼粼波光，落叶，浮木，空琉璃瓶，一样一样从身上流过去。

那么永远呢，是不是这棵树上寂寞空洞的伤口。

蓝给他讲了一个故事，那是发生在很多年前的事。

那时我很小，还不食人间烟火。我有一个姐姐，名叫安。她喜欢穿素雅的绸袍，喜欢蝴蝶、烟火、摩天轮和蒲公英，她写一手好字。可是她很小的时候，因为一场大病，眼睛瞎了。她再也看不到那些美丽的蝴蝶在天上飞舞。

我们都是私生子，母亲走的时候，说她是随那个不负责任的男人而去，说她往生是一只鸟，要飞回去，然后她就跳下了楼。你相信有往生吗？可是，这便是她的一生了，只为贪恋那一点依赖一点儿爱，她就敢纵身一跳。到死，还记挂着那一点微不足道的温暖。也许那一刻她心里有害怕，有依恋，所以她想抓住一些什么，她从未得到过的东西。

那些蝴蝶，终究没有飞回到原来的地方，就坠落了。然后是简单的丧事，眼泪就在那一天流成了回忆。

后来一个有着高贵血统的男人，自称是我们的父亲，接走了我们。他家里还住着一个娇惯霸道的大女儿，常常鞭打我们，把我们锁在漆黑冰冷的储藏室。姐姐是一个压抑和隐忍的人，什么都埋在心底。她的生活原本就是黑暗的，可是她还是怕黑，她总感觉一个影子跟随着她，她便用冰凉的手指去触碰那无尽的虚无。

人的命好像都是定数，就像姐姐遇见他一样，冥冥中的安排，逃不掉。她因为他，倾尽所有，毅然决绝地和家里人断绝了关系。

他牵着她，她踩着他的脚印，一步一步，海角天涯。苏州河旁的榕树下，他回头，她踮起脚亲吻他。

我爱姐姐，胜过爱我自己，我很怕姐姐被他抢走，我要和姐姐在一起，一辈子不分开。

那棵榕树下，他要她等他五年。五年以后，他会回来娶她做新娘。她怕会记不起他的样子，她便用冰凉的手指轻抚他英俊的脸庞，纤细的十指，从上到下，头发、眼睛、脸颊、下颚，那是张轮廓分明的脸。她的手指从此铭刻在他的心底。她用手盖住他的眼睛，不忍让他看到自己流泪，放开手时，她的手心里一片温暖的潮湿。

一个人站在一棵树下，用双臂紧紧拥抱自己，依然会觉得冷。

我们都是游走在世间的躯壳，来覆盖那张流血的伤疤。只是伤口太深，已经无法愈合。原来伤口到伤疤，已经经历了一个沧海桑田。

五年，她埋葬了她的青春。五年以后，他没有回来。父亲去世了，所有的遗产都留给了那个娇贵的大女儿，惟独把眼角膜捐给了姐姐。

她终于重获光明，可是大夫说她患了极度严重的抑郁症和臆想症，她开始无休止地头痛，眼前出现大片大片的幻觉。

她仿佛回到小时侯，一个人赤脚走在阴暗的洞穴里，脚下是冰冷的清水，在挣扎着流动，发出很好听的声音。可是她看到一扇一扇紧闭的门，她找不到洞口。

她沉入海底，找不到灵魂的出口，她变成了一条无法呼吸的鱼，疼痛和窒息。

她的心很痛很痛，轻轻触碰便会流下泪水。她常常会看到死去的父母，她亦会看到他，他说过会回来娶她。她愿意等他，一生一世。

　　她泡在浴缸的冷水里，一点一点地剪自己的长发，浴缸里满是一缕一缕漆黑的发丝。她看着自己的手，用一块锋利的刀片将它割开，看里边浓黑的血液浸满寂寞的皮肤，然后滴到地上，她听到寂寞冰冷的声音，像洞穴里流水的声音，她看到那些血液开出美丽的花儿，绽放出寂寞空洞的灵魂。

　　有时，我会听到浴室里传来撕心裂肺的声音，然后是无助的抽泣。每当那时，我的心就会很痛很痛，可是我无能为力。她的心里潜伏着一个深渊，扔下巨石也发不出声音。

　　她会喝很多酒，麻醉自己，直到自己流着泪沉入睡梦。

　　十年，那个男人终于回来，可却没有带给她想要的答案。他也许有苦衷，亦不能带她一走了之。当美丽面对枯萎的一瞬，恐惧像酒里的毒，诱惑又可怕。他无法犹疑。像掉进一个明晃晃的窟窿，四外都是疼痛的。鸦片的前身是罂粟，是最魔幻毒辣的花，化身为烟，满足人生的快乐，化身为药，满足人死的凄美。你怎能说他爱得不深切，他连死的准备都有。

　　血自他嘴角流下，他们相拥着，看着对方濒死的样子。她手执素绢，擦去他嘴角的血迹。直到他没有知觉，直到他熄灭了苦痛的表情。因为了解，她比他从容，她拂合他的眼，才肯安心离去。终于她做到了，她带走了她的一切。

　　可是他并没有死，亦没有勇气再死一次。他离开，并娶了父亲家那个娇贵的大女儿，从此享尽荣华。惟独姐姐，一个人葬在冰冷黑暗的地下，姐姐生前最怕黑的。

　　她其实很想问他，当初他接近她，是不是因为她父亲的家产，可是她到死，都没有开口。

　　蓝说，这就是爱情吗。有些人要用一生的时间去忘记一个人。没有开始，所以也没有结束。曾听人说，人的寂寞，有时候很难用语言表达，就像我爱你，没有什么目的。只是爱你。

她轻轻地把手盖在他的眼睛上。她潸然泪下，转身离开，她感到手心温暖的潮湿。他睁开眼，望见她远去的背影。她要去远方。

她终究没有告诉他，她怀了他的孩子，可是她因为吸食过多带毒的鸦片，孩子流掉了。她终究没有告诉他，这么多年她如何沦落风尘。她也终究没有告诉他，她是要去找姐姐，她说过办完了事，她会和姐姐在一起，一生一世不分开。

她缓缓沉入海底，她无法呼吸，她想，姐姐一定变成了海底深处的一条鱼。她越沉越深，永远都没有上来。

她是滚滚红尘里一朵寂寞的烟花，她的背后是一座座尘烟飞起，繁华落尽的城郭。她不属于这个喧嚣的世界，所以她们都走了。

他从此疯了，流落市井的乞人，时不时会有生不如死的毒瘾发作。那不过是一场湿透的雨，下在某个夏日的屋檐下，滴答声都是旧的。那一抹绯红的胭脂，也留在夜里老去了⋯⋯

他终于倒在地上，他看到火焰在灰烬上径自舞蹈，洒出一滴滴寂寞的血红。

指间疼痛，划过天际，再也无力举起。他仿佛看到那棵榕树下一身素衣的少女，他对她说，永远。他不会骗她。

　　　　昨日情了人未了，梦回苦寻空楼台。

　　　　自怨前世情缘定，两生花开两生悲。

作者简介
FEIYANG

　　柴梦婕，笔名上官婉卿，1989 年生。爱好：文字，电影，音乐，蓝色鸢尾，杜拉斯，安妮宝贝，高行健，史铁生，海子，梵高，莫奈，王家卫，刘恒，李少红，恩雅，久石让，神秘园，大提琴，宗教，诗词，箫，旧物，独处，幻觉，沉溺。为梦而生，为梦而死；为爱而生，为爱而死。（获第十一届新概念作文大赛二等奖。）

雪花葬礼  ◎文 / 金国栋

　　十年前，外公在南方少见的大雪中去世了。

　　那段日子，雪下得最动容了，我们江南人连下个毛毛细雨都心绪乱飞，满腹惆怅，下了这么大的雪，自然不同寻常。

　　那天我们家小孩子都哭了，原因是我们要玩雪人长辈不给，外公死了，长辈心情大抵很坏，就给了他们一人一拳头吧，我那时候正蹲着给雪人安装胸部，被狠狠踢了一脚。我当时整个人就飞了出去，回头的时候，只看见这帮小孩子幸灾乐祸的笑脸，我找不到肇事者，但是我看到表哥笑得那么灿烂，心里略知一二了。

　　所以送丧的时候我哭得最凶，劝都劝不住，雪花纷纷扬扬，好像有人在天空舞剑一般，把云朵都剁碎了，然后它们就不高兴地掉下来了。我屁股上火辣辣的痛，眼泪流过的脸颊被风一吹也很痛，走在我旁边的表哥却像是一个得胜的将军一般将要绑在手臂上的小白花扣在了肩膀上，春风满面，于是我一刹那百感交集，有吟诗的冲动，但是那时候我才小学二年级啊。就是觉得心里堵着，只想哭，所以说，眼泪就是诗，雨是天空的诗，而雪呢，是歌，走调的诗，不美，至少我对雪的印象大抵是这样了，死了外公不说，重要的是，我屁股上被踹了一脚。

许多许多年以后，我才知道，那天堵在我心里的那个东西叫做悲伤。

那天到最后，我人都快哭虚脱了，我的喊叫声夹杂在大人们的哭腔中特别突兀。舅舅阿姨姨夫爸爸妈妈都过来劝我，但是我吵着要外婆，他们说，外婆在家里呢。

那天回家后，我就直接奔着外婆去了，我们那里的民俗不流行拥抱什么的，外婆只是拉住了我，她说，魂落客，小心别摔倒了。魂落客是我们那里的方言，大抵上长辈这样叫晚辈，是很怜惜晚辈的的意思，就好比短命鬼，狗吃儿。

外婆指着那个已经模糊得不成样子的雪人问我，这是你弄的？

我看着外婆的眼睛，似乎是要赞扬我一般，我也说不清心里为什么会有这样的想法，我总觉得，很伤悲的人对待别人是宽慈一些的，就比如我，在学校里被人欺负了，于是便对同桌很好，以换来一些用以自骗的温暖。

于是我就用一种全部都是我一个人做的方式狠狠点头了。外婆看着我，然后摇摇头走开了。我站在那里想，外婆是什么意思呢。那时候我才是一个十来岁的小丫头片子啊，大人的世界真的好难懂。

我还在凝神思考的时候，一个雪团飞了过来，正中我脑门，砸得我有点发晕，我对于伤害我的人记忆尤其深刻，那天的背后毒手是我表哥，我表哥那时候也十来岁，瘦弱的样子，成天以欺负我为乐。其实我觉得在那个年龄段我真的比我表哥强壮的，但是只要有大人在，受了他欺负，我一定会放声哭泣的。只是今天我觉得大人们不一定会注意到这边的一个女娃娃被欺负了，我得自己反抗。

我的表哥站在雪人旁边，他有的是武器，而我呢，赤手空拳。

其实那时候我很害怕，我看了一眼大人们，他们送丧回来，在一个盘子里洗手，是一种严肃的仪式，没有人注意到这边发生的事情，外婆去灶膛做饭了。外公的遗像在那边浅浅地笑着。我觉得，今天此地，表哥做这样的事情是不应该的。

我这样想的时候，又一个雪团过来了，打在我肚子上，我自小知道男人都是很贱的，面对他们的欺侮，如果你不奋起反抗，他们都会得寸进尺的。但是我四下没有武器，只有天空下着迷乱的雪，还好我冰雪聪明，电光石火之间，我捂着肚子就蹲下了。表哥那时候的良心还没有泯灭，或者说那时候他还会为自己犯下的错误负责，他看见我捂着肚子蹲下了连忙赶了过来，说时迟，那时快，我一拳头就打在表哥的脸上了。这一拳头包含了我对成人世界的不满与迷惑，包含了我对外公离世的悲伤与难过，包含了我对自己聪明才智的肯定与骄傲，至于对表哥的憎恨都是其次的。

　　尔后的情景我可以诗意一点地去描述，瘦弱的表哥就像是屙出去的屎一样飞了出去，雪下得更紧了，落地有声的那种，但是这样的凄凉都不比我的表哥，我表哥像堕胎的野狗一般趴在地上，他鼻子的血流到了白色的雪上了。他痛得连叫都不会叫了。

　　于是我就代替他叫喊起来了，快来啊，表哥摔倒了。快来啊，表哥摔倒了。

　　表哥的妈妈也就是我的舅妈第一个跑了过来，她看到表哥发抖的小身板，瘫在雪地上，心都快碎了，舅妈看了一眼我，她也是冰雪的女人，女人最懂女人，她自然知道她儿子即使摔倒了也不至于如此窘迫，但是她作为一个大人，即使知道其中原委，也不好发作，因为我们大抵上还有小孩子闹着玩这一层作为保护伞。

　　可她心中积火难耐，必须要爆发出来，她只得照着表哥的屁股狠狠打了下去，走路不会看吗？眼插裤裆里去了啊！魂落客，魂落客！

　　这里我必须补充说明一下，我们这里的乡俗真正的是演绎了打是爱骂是亲的真谛，小学的时候，有一次我与男生闹，把头弄破了，回到家里，以为我妈妈会好好安慰我，我特地把头发扒开，给我妈妈看我受伤的头皮，结果我遭到我妈妈的一阵毒打。最可怕的是，我妈打好我之后，流下了真诚的泪水，抱着我与我一起痛哭。这样的场景让我后怕不已，所以我把表哥打得落花流水，我妈妈最多骂我几句，但是如果反之，我就要忍受双重皮肉之苦。

我这样回想着，大雪肆意飞舞着，舅妈尽情地打着，且还很有节奏感，打一下，表哥叫一声，舅妈骂一句，周围人看不下去了，我妈妈竟然直接过去了，干什么呢，小孩子闹着玩呢。然后我妈转头对我吼道，看我回去收拾你！

舅妈这个时候已经抓起表哥了，她脸色冰冷地说了一句，小孩子那么坏的，也少见的。

我妈咯咯地笑了，哎，是我教养不好，你勿要怪小排。小排是指小孩子的意思，我这里是音译，字面应该是小牌。牌是牌位的意思吧。

舅妈不是等闲之辈，她扫了一下周围，看男人们都躲进房间了，在我家，女人们之间吵架是很频繁的，男人们就学会了一招，躲起来。

然后舅妈一推表哥，你也进去。

我妈妈却没有赶我走，我想，她是让我学着点吧。

舅妈说，小牌晓得什么啊。

那你的意思是我大人指示的啦。

喏！你看看，是你自己说出来啦。突然间，舅妈像一根结实的矮鞭炮被点燃了，她令人发指地在雪地里蹦跳开来，她粗短的手指在空中颤抖着，她的脸由于过分激动而扭曲成麻花了，她尖叫着，阿爸啊，你看看你女儿，良心是多少恶毒啊！你还把那么多钱留给她。

我那时候小学二年级，但是我突然觉得事情不对劲了，舅妈舞动在众人面前我自是看过多回，但是今天却异样了，她像一个演员一样在表演着，大概因为不是科班出身，表演的痕迹很是浓重。

但是她要表达什么呢，这时候雪花已经不是自上而下了，而是横冲直撞了，在近黑的黄昏下得阴森可怕。

舅妈要表达什么呢，我偷偷看了一眼妈妈，她的脸色也变掉了。但是还是保持着一贯的沉着与冷静。

舅妈在疯狂的跳动中看到我妈妈还是站在那里，她被我妈妈隐忍的气场给戳破了，她大概也觉得这样下去很坍台，而且没有什么功效，于是她就走进散发着橘黄色灯光很温暖的房子里去了，只剩下我与妈妈站在原地，大雪让我的视线很迷茫，我只看见妈妈面对着雪人的方向看着，过了一会儿，她说，这是谁弄的啊，你弄的吗？她的语气像大雪一样苍白，让人捉摸不透。

我摇了摇头，不说话。

妈妈叹了一口气，弄得真好。

我十来岁的时候，我的妈妈也就彷佛四十岁左右吧，但是那一刹那，我觉得妈妈老了，我于是很懂事地拉了妈妈的手，我说，妈妈，舅妈为什么那么坏。

妈妈伸手就打了我一巴掌，你不要乱说话！然后转身就走进房间了。

我一天憋气足够了，虽然打了表哥一拳，但是这一拳现在又透明地照面打来，让我痛不欲生，我看见只有半个乳房的雪人，心想这一天的所有所有都是缘起于它，于是我像疯子一样冲了过去，拳打脚踢，十八般武艺都使出来了，把雪人打成了稀巴烂。

那天晚上吃晚饭的时候，我跑去与表哥坐在一起了，表哥也恨他的妈妈，我也是，我们觉得大人简直是不可理喻。

外婆家吃饭总共有三桌，男人们坐一桌，女人们坐一桌，我们小孩子坐一桌。男人们的饭桌临窗，传来阵阵划拳的叫喊声，热气腾腾，从窗子里看外面的雪，觉得它们下得很安静，女人们的饭桌上更加安静，而我们的饭桌上很低级地嘈杂，有两个小孩子为争一双镀金边的筷子吵闹起来了，让我觉得自己坐在这么一群小孩子中简直是脸面丢尽。

我与表哥拉勾约定，以后我们要团结在一起。

我们紧密团结在一起后，我问我表哥，为什么你妈妈那么恨我妈妈。

表哥压低了声音与我说，不是这样的。

那是怎么样子的啊。

我妈妈不光恨你妈妈，其他所有人的妈妈都恨。

我真想现在穿越回去对我表哥说你把我雷到了。

但是那时候我很傻地问表哥，为什么呢。

表哥说，我告诉你，你不许告诉别人。

我认真地点头了。心里想，你只是不允许我不要告诉别人，但是你并没有说告诉了之后是小狗之类的话哦。

表哥凑到我耳边说，我妈妈说，你们的妈妈都抢了我家里的钱！

我于是仔细地端详起我的表哥，他很瘦，而且很黑，即使现在，他都很像猴子，我当时听了这样的话，感到很气愤，一方面气愤舅妈怎么可以这样说话。另一方面气愤我的表哥怎么那么傻，把这样的大秘密都告诉了我。我有无数秘密都没有与我表哥说，作为我的表哥他应该有同样机敏的心智才可以啊。

我突然回想起，在大雪中舅妈那撕心裂肺的叫喊，当时我听得很是模糊，但是现在这模糊逐渐清晰了，舅妈说，阿爸啊，你看看你女儿，良心是多少恶毒啊！你还把那么多钱留给她。

舅妈的意思是，外公把钱给我妈妈了。或者说，我妈妈强行占有了外公的财产。这里我就很有必要介绍一下我外公那个大家庭的成员结构了。

我外公总共有八个子女，两个儿子，六个女儿。我妈妈是最小的女儿，我前面说的舅妈是我的小舅妈，我的大舅妈是一个很好的女儿，至少对我很好，至少在我眼里对外婆很好，其他我就不知道了，于是不能随便评价。

我隐约知道一点的是，外公死后，没有给子女留下一点财产，我清楚知道的是，我大舅舅家的财产可以让他把我们整个村子买下来，当然他早就不住在老家了。我小舅舅自小好吃懒做，家庭情况必然差点，但是他自诩也住城市去了，常在言语中表示对我们乡下人的不满。当然我是不会计较这些的，我本来就是乡下人。

那天晚上，我总以为要发生点什么的，但是到最后，什么都没有发生，一切风平浪静，男人们照例像过年的时候做的，一起打牌了，我阿爸牌技很差，结果输了一些钱，但是我妈妈也并没有说他，据我所知，我小舅舅如果输钱了，小舅妈大抵上是要责骂的，这一点我很认同小舅妈的做法，作为一个男人，家里的顶梁柱，在外面输钱了，被老婆说一下，是很正常的事情。

那晚我本来要与爸爸妈妈睡在一起的，我不喜欢与那些小孩子们睡在一起，但是爸爸很凶地赶我走了，说我那么大了，要学会独立生活什么的。我只得不情愿地去小孩子的房间了，小孩子都铺在地上睡觉，因为是冬天，大家挤在一起反而热乎，表哥见我来了就爬了过来，他说，你也被你爸爸赶出来了吗？

说真的，他说这话的神态真的很恶心呢，有些事情真的是心知肚明就可以了，你表哥能知道的事情我能不知道吗，只是我不想说而已，只是我想扮演着让妈妈以为我还很天真的角色而已。我看了一眼表哥，用那种会让他心里发毛的看法看的，然后我就捂好被子睡觉了。

那天凌晨终于发生了点事情，我睡得不是很妥当，是小孩子中第一个被吵醒的，我醒来后，就发现外面已经乱成了一团糟，我看不到外面的情形，但是我能听到他们的声音，我太熟悉他们的声音了，光听他们的声音，我就知道他们在做什么，他们说话时候脸上的神情，他们的手势，甚至他们的穿着，身上的味道我都强烈地感觉到了。

表哥不知道什么时候已经爬起来了，他穿着睡衣站到我的身边，说，我们要出去看看吗？他的语气又是那种自以为是的少年老成，让我顿生厌恶，这时候我们出去的话，大人们一定还要分心照顾我们，我对表哥说，我们还是睡觉吧。

我竟然在年轻的时候对表哥说了这样的话，更加不可思议的是，表哥听我这样的话之后，很平静地就走回去自己一个人睡觉了。

我看见表哥重新又躺了下去，于是便走到窗子边，贴着玻璃看外面，一刹那我以为我们飘到天空上去了，但是我马上又反应过来了，是雪！雪已经铺满了整个村庄，雪已经积得那么深厚了，雪已经侵占了、掩盖了一切了！

很冷的。我耳边突然响起了温暖的声音，我一看，是表哥。

你不是已经睡回去了吗？我很诧异。

没有，我去被窝里把睡裤脱下来了，给你。表哥递过他的睡裤，他只穿着秋裤，瑟瑟发抖的样子。

我没有伸手，我头一偏，有点委屈地说，你不知道外面发生了什么吗？

表哥近了一步，我怎么不知道，还是你妈妈抢我妈妈钱的那点事情。

我于是不说话了。

但是，表哥把裤子塞到我手上了，穿上吧，这又不是你指使的，我们说好的，要团结在一起的啊。

我们正说着，外面传来了女人的哭叫声，听声音不是舅妈的也不是妈妈的，是我一个阿姨的，就是我妈妈的姐姐的，我穿上睡裤，拉着表哥或者是被表哥拉着就跑了出去。

我们睡在二楼，争吵声是从一楼大堂里传来的，我们悄悄绕到屋子外面，一点也不冷，雪花很厚，我听外婆说，初春下的雪是桃花雪，春天来了花儿都要绽放的，雪花也是花，所以它也绽放了。绽放是有热量的。

然后我们躲到窗子下面，外面是黑的，里面是亮的，所以照理说，他们基本上看不到我们了。

如果我与表哥是观众的话，屋子就是舞台，而舞台上的角儿莫过于舅妈了，舅妈站在八仙桌一边，八仙桌旁边还坐着大舅舅、大舅妈，其他的半边屋子都是我妈妈我阿姨们，而小舅舅则是一个人站在角落里抽烟。

我们到的时候，似乎第一幕已经结束了，第二幕恰恰开始，大舅舅说话了，你们也别吵，我们就讲讲道理嘛，我们也不是图那点钱，就是奇怪啊，阿爸辛劳一辈子，怎么会一分钱都没有留下来呢。

我妈妈说话了，阿达。阿达是我们这里叫哥哥的意思。我妈妈说，阿达，这个问题你摆出来问我们就是有问题，你可以与小弟讨论的，我们女儿自是有钱没钱都没有搭界的啊。

如果阿爸把钱都给小弟了，我也没有话说了，或者你们说明了，钱就都给你们了，我也没有异议，现在男女平等，谁说一定要儿子拿家财的！但是现在钱就突然消失了，你们说，奇怪不奇怪。大舅舅语气温和。

如果一直是这样的对话，这个戏就不好看了，虽然大舅舅字字都隐含了陷阱，句句都是险峰，但是只要我妈妈装傻就可以化解过去了。咦，我怎么就默认了我妈妈拿了钱呢。该死。

但是戏之所以为戏，就是有戏剧冲突，这时候小舅妈的表演拯救了这部走向平淡的戏，她又跳了起来，我明显感觉到雪花都下得急切了，好像天空中的雪花都是赶来看这场戏的，大家都窃窃私语，快点快点下来，旦角上场啦。

小舅妈说，你有什么证据证明自己没有拿钱呢？

我妈妈笑了笑，那你有什么证据我拿了呢？

小舅妈被点爆了，她极尽恶心肉麻地笑了，她对着大舅舅，对着大舅妈，对着小舅舅，对着屋子里的每一个人都笑了，有一刹那我甚至觉得她对我们都笑了。

她往怀里一探，抽出一本东西，我甚至怀疑那个东西她是藏在文胸里的，除非那一天她的胸部是因为她的斗志高涨而昂扬了而不是其他什么的填充。

她很舞台腔地叫了三声，我有证据！我有证据！我有证据！

妈呀，那一刹那，我感觉雪像是倾盆在下，把土地上所有亮光都扑灭了，只留下自己白晶晶地亮。这一刹那大概就是戏的高潮了！

这是外公的账本，记着别人欠他的钱。你看，白纸黑字，清清楚楚，你们说，这些钱都哪里去了！

我妈妈笑了，你说这个呀，这是我们做姑娘的时候，赚了钱，存在阿爸这里，他借给别人帮我们赚利息，这自然是我们的钱，后来阿爸收回钱，就还给我们了。我们那时候天天织布搓麻绳赚来的钱也是你们的吗！

我妈妈还没有说完，小舅妈就把账本丢了过去。我甚至都没有看到她有没有砸到我妈妈，就被我表哥拉到一边了。

我有点不满，怎么了。

冷。他打了一个喷嚏。

好吧，那我们回去吧，我有点依依不舍，但是看到表哥的样子我还是选择了放弃。

回去的时候，我们路过了外公的灵堂，我看见外公的牌位还放在那里。昨天放棺材的地方空了。那一刹那我突然觉得生命中有一块东西是真的空了，有一块天地永远飘着没有重量的雪花了。

我说，我们去陪陪外公吧。

表哥说，外公住山里了。

我说，外公会出来看看我们的，你看外公的照片。

于是我们就在灵堂空地坐了下来，看外面的大雪，雪真的下得好美好美，我们听不到舞台上的台词了，只看见漫天的大雪飞啊飞啊。我突然想起这一天，主角应该是外公啊，外公都死了。

我也突然意识到我的外公死了，死了就是不在了，就是我不能再撒娇了，就是他不会再用短胡子扎我了。

我突然想到了什么，我问我表哥，外婆呢？

表哥说，在睡觉吧。

我站了起来，我们去陪外婆睡觉吧。

表哥说，那不陪外公了吗？

我说，你看外面的雪花，那么多雪花在陪他呢。

作者简介
FEIYANG

金国栋，昵称果冻，男，浙江台州人。最爱足球，喜欢拜仁，曾与卡恩竞技，罚进点球一。（获第十一届新概念作文大赛二等奖。）

冷月烟花

◎文/柴梦婕

　　人生，撕裂后却无法拼凑起来。这般无可奈何，正如莎士比亚所说的，一代的才华，却是命定的叫花子。

　　死可瞑目，真是死可瞑目，却不见得生的这一辈子值当了来这世上一回。

　　黄昏，她穿着红色的嫁衣，头戴凤冠，站在高高的城墙上，城墙边的剧院，上演着那出《哈姆雷特》。她记起，十年前，自己站在舞台上，饰演奥菲利亚。在戏中，她心爱的王子装疯，走了，她心碎，父亲又被刺死，她精神失常，落入河中惨死。在戏外，她只是乱世中的一个情痴。不关风月，她原就属于这个才子佳人、帝王将相的舞台。在那里，有她想要的地老天荒。

　　年少时，她救过一只小狗。那只小狗趴在她姐姐的怀里，姐姐把它的断腿接好，去找那群打断它腿的无赖。它就趴在她身边。她害怕地看它，它闭起眼睛，它漂亮。她就轻轻地碰碰它，它舔她的手。于是她就轻轻地过去搂着它。一抱就抱了两年，十八岁那年她考上了国立同济大学堂的国文系。夜里离开小镇，它也许是跟来的，它也许是跟在快马后面的，它始终是跟不上的，那个夜晚她没有听到它轻轻的喘气，她落泪了。

　　然而，正是那出戏，让她相识了他，忧郁含恨的王子哈姆雷特。戏外的他才华横溢，气宇轩昂。身着含蓄古典的绅士服，白衣胜雪，卓而不群，如天上高洁出尘的白云。有恃才傲畅、飘逸豁达的性情。他的父亲是旧上海的大资本家，年轻时只是沿街一个穷画匠，娶了上海首富的千金，又追随孙先生打天下，办企业，慢慢积累下了万贯家财。他是她同校建筑系的学兄，许书远。他是许家三少，却活于凡尘之外。

　　她从小的细腻，未曾改变。因为出生时就失去额娘，九岁那年亲眼目睹阿玛被许家逼迫得走投无路，吊死在白绫上，姐姐又在一场大火中面目全非，她就知道自己所有的，原是那么少。她的痛苦，她的恐慌，是永远解不了的毒。她流着泪，将匕首对准他的心口，他闭上眼睛寻求解脱。

　　人世的痛苦，岂是一柄小小的刀子，就可以清算？

　　她终不忍心下手。匕首滑落在地上，她转身。时间在眼前晃动着，庸庸懒懒的，却不留痕迹。那是一种鸦片般的消弭，有着最奢侈的美丽，有着最深沉的忧郁，似她婀娜的腰身，转过一片片透明的琉璃，转过一间间高大而空旷的屋子，却始终转不出那个影影绰绰的舞台。要埋怨的，只能是看客已经走出了剧院，她却走不出自己，爱上了王子。明知自己错，因为这根本只是一种情，只属于她自己。于是这么疯魔，就信仰情是花开花落，是她一个哀怨的眼神，无所谓其他。

　　其实，她早已知晓，他内心深处最柔软的地方，一直藏着两个人，一个是母亲，一个是她的姐姐。原来她在他心里，永远只是姐姐的影子。

　　她心痛和难过时，就会铺纸研墨，抄诵《道德经》和《太平经》的经文。

　　灯火初上，着一袭旗袍香风细细在城市的陌陌红尘里。也许只能在光影摇曳的陈年旧梦里，隔着飘渺的重重岁月，沉静古典，清艳如一阕花间词。她端着高脚杯，望着镜中的自己，流着泪对自己说，我不是婉君，不是姐姐，我是顾湘君，顾，湘，君。

　　沉鱼落雁，闭月羞花，她是戏里的人，画里的人。青花色旗袍齐

膝而下，深深的、蜇人的美。镜中的鲜妍与她恍若隔世，在时光的漩
涡中她身轻如鸿……

　　她们出身于书香门弟，从小是相依为命的孪生姐妹。只是婉君眼
底长了一颗泪痣，多了一份与她的年龄不相称的成熟。大人们说那是
注定要流一生的眼泪。但她从不信宿命，从不相信自己会像湘君那样，
多愁善感，一个人难过抄诵经文时黯自落泪。湘君患有眼疾，她从小
就护着湘君，承担所有妹妹所犯的错。所以继母一直不喜欢她，这个
性情刚烈的女孩，用鞭子奋力抽打她纤弱的身躯，抽到遍体鳞伤，抽
到皮开肉绽。继母打她委实厉害，可她却一直不肯哭下一滴泪，就只
是硬气地挺直了身体跪立着。

　　直到有一天，她看到河畔边一个男孩子专注地作画，看到他目光
和神情的凝重和飘渺。她看到一对翅膀栩栩如生地落到纸上，看到他
一点一点勾画生命和灵魂飞翔和逃脱的色泽。她竟看得痴醉了，生平
第一次落泪。回到顾宅，她便跪在阿玛面前，她说，我想画画。

　　她从小就想做男儿郎，因为男权社会，男人想要什么，就可以主
动的去争取而得到。她扮作男妆，在严禁女子读书的小镇，走进了学堂，
并遇见了那个河畔边作画的男孩。原来他叫许书远。

　　许书远，虽是许家三少，却逃不掉冥冥中的宿命。他一出生就患
了一种病，最多只能活到三十岁。他娘背着他四处求医，父亲发迹后，
一连纳了好几房的姨太太，从此对他娘亲不闻不问。为了麻醉支离破
碎的心，母亲开始依赖抽大烟，烟雾缭绕，迷漫于老屋里，成为他年
少最初的记忆。她将脸贴在鱼屏风旁的鱼缸上，旁观尘世的梦幻与扭曲。
鱼缸里的鱼是真的，屏风上的鱼是假的，真真假假，假假真真的幻灭，
这便是人生。后来，他母亲便疯了，她疯了，却还赤脚蓬头垢面地记
得到集市去给儿子买他最爱吃的冰糖葫芦。他一直都不舍得吃，一直
悉心珍藏着。母亲含泪去世后，他便离开了许家。他永远无法原谅他
的父亲，所以他放弃万贯家财。他不似他的兄弟见利忘义，不忘家产。

他哭时也和别的孩子不一样，他一哭就会想起他去世的娘。他常常去河畔作画，画一对翅膀，可以带他远离世俗，飞向蓝天，对世俗喧嚣扰攘，不再有动于衷。也许在这尘世，只有婉君读懂了那幅画。年少纯洁的年代，她第一次落泪，为一幅画，为一颗灵魂。那一刻，她爱上了他。

他一直知道她是女孩子，一直把她当作自己的好兄弟。好兄弟，有今生，没来世。兵荒马乱的年代里，冰冷的漫漫长夜，战火燃烧，硝烟迷漫，他将自己的大衣裹在她满是鞭痕的身上，拥她入怀，寄住在屋檐下。这倒应了《牡丹亭》里的唱词，情不知所起，一往而深。

雪天，他拉着他，她踩着他的脚印，一步一步，海角天涯。

患难于共的岁月，他对她说，长大以后，他要买到天下最好吃的冰糖葫芦送给天国的娘亲。他活于凡尘之外，他的思量本是一个男子的柔情。一些细小的、微妙的慈情也是舍不得放手。那是两颗相遇的灵魂，在这个狂乱欲碎的世界上，唯一的完整和美丽。

直到他看到河畔一个错落凡尘的仙子，白衣胜雪，长发在头顶松松地扎了一个髻，她叫他，三哥哥。他才知道，她已成了他心里深刻的烙印。

如果不是那场大火，如果不是为了救大火中的湘君，她便不会面目全非。天意弄人，要怪的不如怪天。房子烧了，继母丢下大笔对许家的欠据而远走他乡。她九死一生，面目全非。那些熊熊的烈焰，燃进每一寸肌肤，每一块骨骼。大夫说，她的生命，最多也只剩十年了。十年之中，她的皮肤每分每秒都会溃烂，最后会因溃烂而惨死。她不愿将噩耗告诉妹妹，只是独自承受。从此，她卖画为生，只为让妹妹可以继续读书。她蒙着面，不愿见人。人们都以为，她已在大火中丧生。

她从未说过爱他，只是爱着，不敢开口。那些牵扯不已的过往，寂寞到极致，却只剩昏暗的结局。他以为她死了，痛不欲生。他离开小镇，参了军。

她曾经救过一只小狗，把它的断腿接好，去找那群无赖。他们推她，用石子丢她，揭开她的面纱，凌辱她、唾骂她。她跪倒在地上流泪，一个人将手按在玻璃渣上。其实那双溃烂的手，早已拿不动画笔，每画一笔，都渗出很多血，一滴一滴地，像针尖滴在她的心里。

恋恋红尘中，一场风花雪月的故事在声色犬马的年代里七零八落。当红尘人不恋红尘时，她的心灵走向了一个纯洁的方向。东风夜放花千树，更吹落星如雨。

她不愿面对妹妹，不愿面对那张曾经和自己一模一样的脸。她不许妹妹告诉别人，自己还活着，她当自己已经死了。顾婉君，从燃烧在大火中的那一刻，就已经死了。

她把那只小狗当作自己的亲友。因为人世间，只有它心里只装着她一人。那年她们离开小镇，她不舍它，泪流满面。直到多年以后她重回小镇，才听说，自那天起，那只小狗不吃不喝，每天都沿街等候，终于有一天冲到街上，被马车撞死了。

它知道主人不会遗弃它，它知道主人总有一天会回来。

她昏迷，是他救了她，收留了她。双木一心知，有缘可相见。他的屋子更像一间书房，一间画室。他认不出她，却牵挂着她。她说她叫碧落。

碧落，就是天空的意思。"只应碧落重相见，那是今生。不是今生。"

他养了一只鸟，关在笼子里。他每天对着鸟儿说很多话，其实他知道，那只鸟儿其实也是他自己，因在精神牢笼里的人。参军以后，上了战场。整个连，只有他死里逃生。他的身上全是弹孔，双腿断了，安了假肢，每走一步，便会渗很多血，一如她拿不起画笔的手。他的兄弟全部战死了，所以他不想说话了，也无话可说。他活在自己的世界里。

无论他画了多少双翅膀，也再飞不起来。是不是双腿断了，就像天使折断翅膀，再也找不到回天堂的路。曾听别人说，这世界上有一种鸟是没有脚的，它只能够一直地飞呀飞呀，飞累了就在风里面睡觉，那种鸟一辈子只能下地一次，那一次，就是他死亡的时候。

相似的命运将他们拴在一起，虽无法相认，却都思念着对方。他雕刻她的木像，河畔边那个错落凡尘的仙子。他将木像埋进土里，可是埋得越深，她就越藏在他的心里。

人生如梦，不过是无数的风雨之后，沦为天涯倦客，依着疏帘淡月，伴着枯树飞蓬，看着风中红叶，提壶煮酒。

他带着碧落去看电影。沿途听见有人叫卖冰糖葫芦，他回眸的一瞬间忽然恍惚而哀伤，那时他想起往事，想起他去世的娘，他的眼底分明有泪光在闪烁。他的眼神就那样定格在她的记忆里，永远无法忘怀。

那是一场获奥斯卡奖的电影，名叫《雨人》，讲述了一个先天患有自闭症的人的故事，精神世界的困囚与撕裂后的颓疼。那个人活在自己的世界里，对自己哭，对自己笑。令她潸然泪下。当她面对那个白色的幕布，面前的光影交错把她弄得神情恍惚，仿佛有一只无形的大手伸过来，拨弄她全身的每一根神经。她简直对此着了迷。她想看看幕布后边是否有一个人在操纵，但后面空空荡荡。他轻轻告诉她，真正躲在幕后的人就是导演。那个掌握一切，制造梦幻、痛苦与欢乐的人，他给予别人的是另一个世界。她仿佛在沙漠中看到了绿洲。她过早经历了世态炎凉，人情冷暖。她有太多的痛苦和伤害需要表达，要倾诉，她要找到一个出口。

可是外面的世界，不是凭她一个女流之辈就可以玩得转的。

她能做的，也只有在屋内变换各种光影，做一些手势。光影流转，时间蔓延，存在还是幻灭。人生如梦。

有时，他的病发作。他如困兽般嘶叫，挣逃，终究逃不开宿命。她卧于墙角望着他，泪水静静地淌。她从身后抱紧他，于一席被褥内给他温暖。听他流着泪轻轻地唤，"娘，冷。"

是不是每个人小时候，都会想象有一个耐心的哥哥，会倾听，会保护，会唱歌。是不是一天一天长大的时候，我们就将童年的他们永远地留在了身后。是不是当棱角一天天柔和起来的时候，心却一天天变得坚韧，于是固执的尘封那些孤单的记忆，深怕，想起，会心痛。

从来都不知道，岁月也会沉醉。不知道别人的岁月出自何处，相互之间是如何的呵护。她记得在有小鸟的树林里，在白雪覆盖的田野上，她有过一段短暂的岁月，但很快失去了。如今的是来自一个颓废的异域，于千万年的时光里，在千万人的世界中，草草地附于她身，甚至，她都不曾知晓。

如果每个人，都背负着一段岁月，每个岁月都承载着一个人生，就像一个村落到另一个村落，一个山坡后的另一个山坡。那为何凝望与追逐，花开和花落却那么不同。

既然承载着她的生命，却只让她肩负他的沉醉不醒。是谁又辜负了谁的一生？

深夜，他读书，置身于文学的梦境里。她望着他的背影。她的泪沿着凹凸不平的面颊静静地淌，浸湿了面纱。斑驳的墙上映出他的影子，她流着泪用手沿着他影子的轮廓凭空一点一点划下来。墙上，是一个女人在轻抚一个男人的面庞。咫尺天涯，那是一种永远无法企及的距离。怨只怨在风中，聚散不由人。

寒蝉的凄鸣，几人在听。

他曾经出演过《哈姆雷特》中那个悲剧王子，他一直欺骗自己，把那个女孩当成婉君。其实不过是些抑扬顿挫的曲子，添了几抹华丽凄凉的长短句，生生地道来一出美丽到近乎不食人间烟火的戏文，却显出撕裂后破败的颓唐。

是他的父亲亲手毁了顾家，害得她们家破人亡，流落街头。让年仅九岁的湘君亲眼目睹阿玛挂在高高的白绫上，接着一场大火，让生命随着不堪的记忆一回焚烧。她的生还，是姐姐用毕生的幸福换来的。今生今世，她骨子里深深地恨许家人，她用匕首对准他的心口。

他闭上眼睛寻求解脱，父亲的孽，由自己偿还，也算报他生育之恩。

《哈姆雷特》中，他就曾感叹，是生存还是毁灭！是忍受命运的折磨，还是反抗人世的苦难？"谁愿意忍受人世的鞭挞和讥嘲、压迫者的凌辱、傲慢者的冷眼，被轻蔑的爱情的惨痛……费尽辛勤所换来的小人的鄙视，要是他只要用一柄小小的刀子，就可以清算他自己的一生？"

其实他早就想解脱了，早就想随婉君而去了。可有一天深夜，他谈到三本书，《吻火》《渊亭》《暝泊》，他嗅到了她的气息。他坚信她还活着，那些对生活的彻悟，痛苦的挣扎，凡尘的超脱，那些哀艳凄婉，冷艳苍冷的文字，字字是泪，字字是血，字字断人心肠。她的笔宛若金针，字字句句都刺在了他的心上。让他心如刀割，泪水滂沱。

那夜，夜凉如江，檐下挂着的灯笼在秋风中流下红色的眼泪。

他也许没有感觉到墙上的影子，伴着烛火晃动着，她似在为他拭泪，她回头，转身。泪，落入水缸，一如落入他的心里。

多少个夜晚，她打着灯笼，走入一片深深的古巷，隔着透明的琉璃，去看湘君的演出。她看到，湘君的长发盘在头上，穿着高领的素雅旗袍，坐在钢琴前深情地弹奏，一曲曲天籁之音，便在她纤弱修长的十指下谱出。她弹奏的是书远写的曲子，有他傲人的古典才情，有他欧洲情怀善感的特质。

典雅豪华的吊灯下，精致闪耀的点点烛光前，身着白色古典绅士服的他挽着她步入舞池，她将下巴靠在他的肩上，他抚着她纤细的腰身，随着古典哀怨的钢琴曲，像两只在风雨飘摇的红尘中苦苦挣扎的蝴蝶，在阴雨连绵的动荡世界中却只能是凄美，随时随处都有可能被风吹雨打而折翅殒天……

他醉了，醉在她的温柔里，醉在她的才情中，她凝望墙上的影子，像寂寞零落的雁影，洒落别样的漠然。

午夜，她独自匍匐于深深的古巷，一阵风吹来，她倦缩于墙角瑟瑟发抖，她想逃，她不停地跑，不停地跑，却永远逃不出那条深巷。一道门被风吹开，她看到，今生今世都无以忘怀的噩梦，是阿玛吊在血色的白绫上，然后是一场大火，然后是姐姐的脸……

她惊醒，这场噩梦伴她成长。她扑入床前姐姐的怀中，流着泪说，我刚才看到阿玛了，他一个人吊在那么高的地方。姐，你不要离开我，我好想抓着你的手，让你带我离开那条古巷。我的人生，没有故事，只有那条没有尽头的深巷，我的一生，是害怕的一生……

雨果曾说，我们都是罪人；我们都被判了死刑，但是都有一个不确定的缓刑期；我们只有一个短暂的期间，然后我们所呆的这块地方就不再会有我们了。加缪也把人看成是古希腊神话中终生服苦役的西西弗斯，他命中注定要永远推一块巨石上山，当石块靠近山顶时又滚下来，于是重新再推，如此循环不息。

他们都被判了死刑，他一直觉得，自己就是那只笼中鸟，远远凝望着碧水青天。很多艺术家，文学家一生都活在幻觉之中，比如俄国画家夏加尔，那些蓝色的房子，他和恋人飘舞于空中，超脱于尘世之外，在这个世界上，每个人都在寻找属于自己的那本书，只有找到了属于你的那本书，你的灵魂才有可能找到出口。

他有时会去她的小屋走走，看着满屋的藏书，满屋的千纸鹤，品尝她亲手熬的鸳鸯甜汤。她是唐诗宋词中的女子。她铺纸研墨，写了"悲辛"二字。她轻轻地说，字不光有骨架，它还有灵魂，写好了字，你要看着它，静静地看着它，就仿佛在看一位与你隔世的亲人。

他添了"无尽"二字，人生，悲辛无尽。

他又写了一个"志"字。他说，士心而志。士，为知己而死；心，慕红颜而生。

我歌月徘徊，我舞影凌乱。酒逢知己千杯少，她从身后抱紧他，雨，如她的泪，一滴一滴落在他的心里。

她想让他带她走，远离世俗。他无动于衷。其实，顾家欠了许家很多钱，还不起，只要她嫁给许老爷做姨太太，所有的欠款将一笔勾销。她说，你会后悔。

九姨太，她成了许老爷的九姨太。婚宴上，她穿着红色的嫁衣，她没有想到他会来。她回眸，那一眼，哀怨凄婉，定格于他的记忆，一生一世，无以忘怀。他向她敬酒，她曾经为他哭了无数次，只有这

164

一次是当着他的面，因为那一刻，她的心真正地碎了。她曾经为他哭了无数次，只有这一次他看见了，直到那一刻，他才明白原来一切都非比寻常，他才知道她爱他。她的泪，一滴一滴，像针头滴落在他的心上。他痛不欲生。他身怀绝症，又怎会连累她。

许家大院，是一口活棺材，踏进去的都是殉葬人。她清雅脱俗的书卷气，她冷艳清高的性情，她的才情与聪慧，时时遭人嫉恨。当年八太太就因犯了家规，被填了井。她原就不属于这个尔虞我诈的庭院。

有时，在许家大院的巷子里，她会遇见他，他们不说话，只是遥遥地望着，她是他的九姨娘，永远都改变不了。

她私下为他织了一条厚厚的围巾，上面绣着他的名字，她将围巾贴近自己的心口。

他对碧落说，原来放下一个人，心里会这么痛。以前我不知道自己的心在哪里，可是现在，我只想把自己浸在这酒里泡一泡。

碧落手抚他心口，她说，其实我们都是一样的人。我们每天都和宿命作斗争，我们的心灵都划满了伤痕，却都找不到医治的方法，找不到灵魂的出口。于是，你绝望了，服从了，癫狂了，超脱了，这就是我，也可能是你。

他问，我们曾经见过吗？她流着泪答，见过，但每一次都很远，最近的是这一次。

这世上，只有她能说出他心中的苦。

其实她一直藏在他心灵深处最柔软的地方，一直。

他跌入了忘川。打从他将她放在心上的那一天起，砒霜已端到他面前。爱情是一种缠绕，是一个欠了，一个要还的东西。

来年的春天总是来得很晚，迎春花开时已是三月末的光景了。这一年，湘君为老爷生了一个女儿，取名思远，思念书远的意思。空穴来风，她因为一条绣着书远名字的围巾，一纸休书，被赶出了许家。

入冬了，她每天都拿着摇鼓来许家大院的门口，她只想见女儿一眼，她只愿流着泪远远遥望女儿一眼，一眼就够了。

她在雪地上，用树枝画女儿的脸，她忘记自己患有眼疾，不能长时间看雪地的强光。当她抬头看天的时候，才发觉，自己已经看不见了。她铺纸研墨，抄诵《太平经》的经文，"天下有始，以为天下母，既得其母，复知其子，既知其子，复守其母。"每每抄到这一句，她的泪便会忍不住滑落到"母"字上。

后来她听说，孩子夭折了，被二太太扔弃在大院门外。她失明了，只能在雪地上，一步一步爬向女儿，她泪流满面，将自己的手指咬破，挤出血喂孩子喝，她以为孩子只是饿了。可她突然发觉，孩子全身都是冰凉的，她惨叫一声，然后就疯了。

从此以后，人们常常看到，一个衣衫褴褛、蓬头垢面的疯子摇着摇鼓，围着那条围巾，走在集市上。他看到她，她像见了生人，蜷缩在墙角。他终于见到那条围巾了，只是他再也没有机会，让她亲手为他戴上，她就似那只红尘中翩翩的蝴蝶，飘零，沉浮。

他流着泪，将手伸向她，她小心翼翼地抓住他的手。就像十几年前挽着婉君那样，她跟着他走，一步一步踩着他的脚印。她曾经说过，锦瑟无端五十弦，一弦一柱思华年。我愿化作一枝无涯断香，将血喷在紫玉香罗上，我只是你修长十指下五十弦中唯一的断弦。下辈子，我要做姐姐那样的女人，寸步不离你，你再也休想抛下我。

他为保护她，被二太太派来的人打断了腿。婉君赶来，为了救他，倒在血泊里，她只是在昏迷中依稀听到有人说，快看呀，原来怪物也会流眼泪。

民国二十一年，日本突袭上海，烧毁了很多房子。他们困在屋子里本，他看到大火那一端的婉君，她的血顺着手流下来，她叫他，三哥哥。他才知道，原来碧落就是婉君，她一直都在自己身边。他越过火海，陪在她身边。两个人偎依在火海中，他说他一直想在世俗之外建一座房子，只属于他们自己。原想陪你老去天涯。一口气不来，去何处安身立命？一口气不来，去山水间安身立命。她将她身上的落发缠绕在自己的一丝秀发上，她说，这便是世人所说的结发夫妻了。

心髓俱碎的柔，刻骨铭心的痛，岁月轮回的幻灭，或台上纷飞的纸钱，一寸一寸，将他们烧为灰烬。两具烧成一体的尸体，两个化为一个的人。

似那颗落入水缸的眼泪。

黄昏，湘君穿着红色的嫁衣，头戴凤冠，站在高高的城墙上，她看到姐姐了，姐姐说，要带她回家。她从高高的城墙上跳下，飘舞于红尘，她说过要寸步不离他。她感到一阵剧痛，她流着泪，凝望苍穹。

多少年前，这片苍穹下，她看到人们在放烟花。那些烟火，离自己好远。

柴梦婕，笔名上官婉卿，1989年生。爱好：文字，电影，音乐，蓝色鸢尾，杜拉斯，安妮宝贝，高行健，史铁生，海子，梵高，莫奈，王家卫，刘恒，李少红，恩雅，久石让，神秘园，大提琴，宗教，诗词，箫，旧物，独处，幻觉，沉溺。为梦而生，为梦而死；为爱而生，为爱而死。（获第十一届新概念作文大赛二等奖。）